내 인생을
풍요롭게
하는

삶의 시

세계 명시 모음집
내 인생을 풍요롭게 하는 **삶의 시**

발행 2022년 10월 20일

펴낸이 홍철부
엮은이 이봄비

펴낸곳 문지사
등록 제 25100-2002-000038호

주소 서울특별시 은평구 갈현로 312
전화 02)386-8451/2
팩스 02)386-8453

ISBN 978-89-8308-583-2 (03820)
정가 18,000원

세계 명시 모음집

내 인생을 풍요롭게 하는

삶의 시

문지사

서시 | 머리말을 대신하여

삶

| 오쇼 라즈니쉬 |

삶이란 빈 곳을 채워 주는 순리이다.

진정한 삶이란 강물의 모습과 같은 것이다.
그것은 끊임없이 변화한다.
잠시도 쉬지 않고 움직인다.
어떤 때, 그것은 여름과도 같다.

우리의 삶이란 즐기고 축하하기 위해서 있는 것이다.
삶은 시장의 상품과 같은 것이라기보다는
한 편의 시와 같은 것이다.

하나의 시, 하나의 노래, 하나의 춤이다.

삶이란 아름다움이며 슬픔이자, 곧 기쁨이다.
삶이란 나무며, 새며, 물 위에 비친 달빛이기도 하다.

삶이란 노동이며, 고통이자 희망이다.
사랑이 충족된 것이 바로 삶의 모습이다.

삶이란 믿어지지 않는 황홀한 것이며
투명한 마음이자, 사색이다.
삶이란 야망이자, 탐욕이며 곧 죽음이다.

차례

삶의 시 · 2

삶의 모습에서 본 사랑과 행복의 그림자

삶의 시 • 1

인생의 길목에서 만나는 삶의 모습들

삶이 그대를 속일지라도

| 푸시킨 |

삶이 그대를 속일지라도
슬퍼하거나 노여워하지 말라
마음 아픈 날엔 끝까지 참고 견뎌라
그러면 즐거운 날이 찾아오리니.

마음은 미래를 바라지만
현실은 한없이 우울한 것
모든 것은 순식간에 날아간다
그러면 내일은 기쁨으로 돌아오리라.

삶은 아주 작은 것들로 이루어져 있습니다

| 메리 R. 하트먼 |

삶은
아주 작은 것들로 이루어져 있습니다
위대한 희생이나 의무가 아니라
미소와 위로의 말 한마디가
우리의 삶을 아름다움으로 채웁니다
간혹 가슴 속으로 아픔이 오고 가지만
그것은 다른 얼굴을 한 축복일 뿐
시간의 책장을 넘기면
위대한 놀라움을 보여줄 것입니다.

겸손한 삶

| 테클라 매를로 |

누구나 잘못은 할 수 있지만
누구나 솔직할 수는 없습니다
그러나 진실한 사람의 아름다움은
무엇과도 비교할 수 없습니다.

솔직함은 겸손이고
두려움 없는 용기이기도 합니다
잘못으로 부서진 것을 솔직함으로 바로 세우고
어떤 폭풍우에도 견뎌낼 수 있을 것입니다.

가장 연약한 사람이 솔직할 수 있으며
가장 여유로운 사람이 자기의 모습을 볼 수 있고
자신을 아는 사람만이 자신을 드러낼 수 있습니다.

삶의 꽃다발을

| 롱사르 |

꽃다발을 엮어서
보내는 이 꽃송이
지금은 한껏 피었지만
내일에는 덧없이 지고 말 것을.

그대여 잊지 말아라
꽃같이 아름다운 그대도
세월이 지나면 시들어
꽃처럼 덧없이 지고 말 것을

세월은 간다, 세월은 떠난다
우리도 간다, 흘러서 떠난다
그리하여 세월은 가고
우리는 땅에 묻힌다.

불타는 사랑도 죽은 뒤엔
다정한 말을 나눌 상대도 없어지려니
내 꽃 그대여
마지막 사랑의 노래를 부르자.

삶은 하나의 행진입니다

| 칼릴 지브란 |

삶은 행진입니다.
걸음이 느린 사람은 생이 너무 빠르다고 하여
행렬 밖으로 나옵니다.
또한 발이 빠른 사람은 생이 너무 느리다고
행렬 밖으로 나옵니다.

삶의 머무름

| 칼릴 지브란 |

내 집이 나에게 말합니다
"나의 곁을 떠나지 마세요
당신의 과거가 여기에 머물고 있으니까요."

길이 나에게 말합니다
"어서 나를 따르세요
내가 바로 당신의 미래니까요."

나는 집과 길 모두에게 대답해 주었습니다
"나에게는 과거도 미래도 없다
만약 내가 여기 머무른다면
이 머무름 속에 나의 나아감이 있고
또 내가 이 길로 나아간다면
그 나아감 속에 머무름이 있다
오직 사랑과 죽음만이 모든 것을 바꿀 수 있을 뿐이다."

삶의 뒤안길에

| 샌드버그 |

위인을 위한 기념물이란
바로 이런 것이다
신문팔이가 동전을 던지며 놀고 있다
그 구리 돈 겉면에 사람의 얼굴이 새겨져 있다
소년을 사랑한 죽은 자여
지금 더 무엇을 바라는가.

작은 언덕길

| 로제티 |

이 작은 길은 끝없이 이어진 언덕길일까?
그렇다. 험한 머나먼 산길이다
오늘 가야 할 이 길을 온종일 걸을 수 있을까?
벗이여! 우리는 아침부터 밤늦게까지 걸어야 한다.

밤이 오면 쉴 곳은 어디에 있을까?
피곤한 밤을 위해 집이 기다리고 있다
어둠 속에서도 집을 찾을 수 있을까?
물론 쉽게 찾을 수 있는 것이 집이다.

밤길에서 나와 같은 나그네를 만날 수 있을까?
먼저 떠난 사람들이 기다리고 있을 것이다
집이 보이면 크게 소리쳐 물어봐야 할까?
집주인은 나그네를 밖에 세워두지 않는다.

피로에 지친 나는 몸과 마음의 평안을 얻을 수 있을까?
분명히 고통에 대한 보답을 받을 수 있다
나는 물론 다른 사람도 쉴 곳이 있을까?
누구에게나 쉴 곳은 준비되어 있다.

높은 곳을 향하여

| 브라우닝 |

위대한 사람이 단번에 그와 같이
높은 곳에 뛰어오른 것은 아니다.

동료들이 단잠 잘 때
그는 깨어 일에 몰두한 것이다
인생의 묘미는 자고 쉬는 데 있는 것이 아니라
한 걸음 한 걸음 나아가는 데 있다.

무덤에 들어가면 얼마든지 자고 쉴 수 있다
자고 쉬는 것은 그때 가서 실컷 하자
살아있는 동안은 생명체답게 열심히 활동하자
잠을 줄이고 한 걸음이라도 더 빨리 더 많이 내딛자.

높은 곳을 향해
위대한 곳을 향해.

삶을 완성하는 밤

| 톨스토이 |

죽음보다 더 요란했던 그 날이
침묵처럼 고요해지고
벙어리가 된 거리의 벽 위에
밤의 어둠이 그물을 내리는 시간
하루의 보상이 찾아오는 꿈을 맞이하기 위해
나는 정적 속에서
혼자 눈을 뜨고 고민의 장막을 접는다.

할 일도 없는 무던한 밤
뉘우침의 그림자가 뱀처럼 꿈틀거리고
그 영혼의 빈집에서 쓸쓸하고 무겁게 짓누르는
부질없는 공상이 아우성친다
한편에서는 빛을 잃은 추억이
내 앞에 두꺼운 화첩을 펴고
지난 세월을 덧칠하며 비탄에 잠겨 눈물 머금는다
그러나 한번 사로잡은 내 슬픔은 가실 줄 모른다.

인생 예찬

| 롱펠로 |

슬픈 사연으로 나에게 말하지 말라
인생은 헛된 꿈에 불과하다고.

잠자는 영혼은 죽은 것과 같으므로
만물의 겉모습 그대로가 아니다.

인생은 진실이다. 인생은 진지하다
무덤이 그 종말이 될 수는 없다.

'너는 흙이니 흙으로 돌아가리라'
이 말은 영혼에 대해 한 말이 아니다.

우리가 가야 할 곳, 또한 가는 길은
향락도 아니며 슬픔도 아니다.

저마다 내일이 오늘보다 낫도록
행동하는 그것이 목적이며 길이다.

예술은 길고 세월은 빨리 흐른다
우리의 심장은 튼튼하고 용감하지만
싸맨 북소리처럼 둔탁하게
무덤을 향하여 장송곡을 울리고 있다.

이 세상의 넓고 넓은 싸움터에서
발 없이 쫓기는 짐승처럼 되지 말고
싸움에 이기는 영웅이 되어라.

인생의 강

| 캠벨 |

나이 먹어갈수록, 우리 인생의
길게 계속된 계단이 짧게 보인다
어렸을 때는 하루가 일 년처럼 보이고
한 해가 한 시대처럼 보인다.

우리 청춘기의 유쾌한 흐름은
아직 열정이 흩어지기 전에는
평화스러운 강물처럼 조용히 흐른다
풀이 우거진 강기슭을 따라서.

그러나 고뇌로 얼굴이 창백할 때
슬픔의 화살이 계속하여 날아올 때
아아, 별이여! 인간의 생명을 측량하는 듯
어찌 운행이 그렇듯 빠르게 보이는가.

온갖 기쁨이 그 생기를 잃게 되고
생활 그 자체가 무의미해졌을 때
우리가 죽음의 폭포에 들어갈 적에
왜 생명의 흐름을 보다 빨리 느끼는 것일까
이상하게 생각할지 모르지만,

대체 누가 때의 움직임을 늦췄다는 것인가?
우리의 친구들은 하나하나 사라져 가고
우리 마음에 돌처럼 맺힌 추억을 되새기게 한다.

하늘의 뜻을 따라 힘이 쇠잔한 노년에는
그 보상으로 시간의 흐름을 빨리하고
청춘일 때는 그 즐거움에 적합하도록
시간을 길게 느끼도록 해 준다.

인생의 계절

| 존 키츠 |

한 해가 네 계절로 나뉘어 있듯이
인생에도 네 계절이 있다.

건강한 사람의 봄은 그의 영혼이
모든 것을 아름답게 받아들이는 때이며
그의 여름은 밝고 빛나며
봄의 향기롭고 명랑한 생각을 사랑하여
열정을 꽃피우는 때이므로 그의 꿈이 하늘 끝까지
높이 날아오르는 부푼 꿈을 꾼다.

그의 영혼에 가을이 오면
그는 꿈의 날개 접고
올바른 것들을 놓친 잘못과 태만을
벌판의 실개천을 무심하게 바라보듯이
방관하며 체념하는 상실의 계절이다.

그에게도 겨울이 오면 창백하게 일그러진 모습으로
죽음의 길 먼저 떠나가리라.

인생의 계단

| 헤르만 헤세 |

꽃이 피는 것처럼 꽃이 시들고 청춘이 늙듯이
인생의 계단도, 지혜도, 덕도, 모두 그때그때
영원히 존재하지 않는다
삶의 외침을 들을 때마다 마음은 용감하게, 슬퍼하지 말고
새로운 다른 속박을 받아 작별과 재출발을 준비해야만 한다
일의 시작에는 마력 같은 것이 깃들어 있다
그것이 우리를 지켜주고 살아가게 하는 데 도움을 준다
우리는 이어지는 생의 공간을 명랑하게 뚫고 나가야 한다
우리가 어떤 생활권에 뿌리내리고
마음 편히 살게 되면 탄력을 잃기 쉽다
새로운 출발과 여행을 떠날 준비가 되어 있는 자만이
습관의 일상에서 벗어나게 되리라
임종의 순간에도 여전히 우리는 새로운 공간으로 향하여
건강하게 보내게 될지 모른다
우리가 부르짖는 삶의 외침은 끝나는 일 없으리라
마음이여, 이별을 생각하지 말고 건강해져라.

인생은 하나의 거울

| 매를린 브리지스 |

세상에는 영원히 변치 않는 마음과
굴복하지 않는 정신이 있다
순수하고 진실한 영혼들도 있다
그러므로 자신이 가진 최상의 것을 세상에 주면
최상의 것이 너에게 다시 돌아올 것이다.

마음의 씨앗을 세상에 뿌리는 일이
지금은 헛되게 보일지라도
언젠가는 열매를 거두게 될 것이다.

부자이든 가난한 사람이든
삶은 다만 하나의 거울로
우리의 존재와 행동을 비춰줄 뿐이다
자신이 가진 최상의 것을 세상에 주면
최상의 것이 꼭 너에게 보답할 것이다.

인생은 축제와 같은 것

| 릴케 |

인생을 이해하려 해서는 안 된다
우리의 인생은 축제와 같은 것
하루하루를 일어나는 그대로 살아나가라.
다만,
바람 불 때 흩어지는 꽃잎을 줍는 아이들은
그 꽃잎들을 모아 둘 생각은 하지 않는다
꽃잎을 줍는 순간을 즐기고
그 순간에 만족할 뿐이다.

인간과 바다

| 보들레르 |

지혜로운 인간이여, 항상 바다를 사랑하라
바다는 그대의 거울, 그대는 자신의 넋을
한없이 출렁이는 물결 속에 비추어 본다
그대의 정신은 바다처럼 깊숙한 심연이다.

그대는 즐겨 자기의 모습 속으로 잠긴다
그대는 그것을 눈과 팔로 껴안고
그대 마음은 사납고 격한 바다의 탄식에
자신의 갈등도 사그라진다.

그대는 음흉하고 조심성이 많아
인간이여, 그대 심연의 바닥을 헤아릴 길 없고
바다여, 그 은밀한 보화를 아는 이 아무도 없기에
그토록 조심스레 비밀을 지키는 것인가.

하지만, 그대들은 태곳적부터
인정도 회한도 없이 서로 싸워왔으니
그토록 살육과 죽음을 좋아하는가
오, 영원한 투사들이여. 오, 냉혹한 형제들이여.

나는 인생의 목적을

| 보리스 파스테르나크 |

나는 인생의 목적을 이해했고, 그 목적을
목적으로 존중한다. 그리고 이 목적은 4월이
있음을 싫어하지 않는다는 것이 나로서는
참을 수 없다는 것을 인정한다.

나날은 대장간의 풀무와 같은 것이다
시작도 없고 끝도 없는 새벽노을이
시익시익 빨아들이는 것 같은 흐름이
대장장이의 손가락 사이로 들어가는 석탄 모양.

전나무에서 전나무로, 회양목에서
회양목으로 쇳물처럼 꾸불꾸불한
액체가 되어 길 위에 눈 속을
줄무늬를 그으며 흘러왔다는 것이다.

교회당의 날카로운 음량은 10파운드라는 것이다
종루 지기가 검열관으로 채용되었다는 것이다
눈 녹은 물방울 때문에 눈물 때문에
관자놀이가 아프다는 것을 인정한다는 것이다.

생의 노래

| 로제티 |

내가 죽거든, 사랑하는 이여
날 위해 슬픈 노래를 부르지 마세요
내 머리맡에 장미도 심지 말고
그늘질 삼나무도 심지 마세요
내 위에 푸른 잔디를 퍼지게 하여
비와 이슬에 젖게 해 주세요
그리고 마음이 한가로우면 기억해 주세요.
아니, 잊으셔도 상관없습니다.

나는 사물의 그늘도 보지 못하고
비가 내리는 것조차도 느끼지 못할 것입니다
슬픔에 잠겨 계속 울고 있는
나이팅게일의 울음소리도 듣지 못할 것입니다
날이 새거나 날이 저무는 일도 없는
희미한 어둠 속에서 꿈꾸며
나는 당신을 잊지 못할 것입니다
아니, 잊을지도 모릅니다.

나는 이런 사람

| 자크 프레베르 |

나는 이런 사람으로
이렇게 태어났습니다
웃고 싶으면 큰소리로 웃고
나를 사랑하는 사람을 더 사랑합니다.

내가 사랑하는 사람이
만날 때마다 다르더라도
그게 내 탓만은 아닙니다.

나는 이런 사람으로
이렇게 태어났습니다
하지만 내가 더 이상 뭘 바랄까요?
이런 내 삶의 모습에서 말입니다.

나는 하고 싶은 것을 하도록 태어났습니다
이제 내 삶을 바꿀 것은 한 가지도 없습니다
나는 이런 사람입니다.

살아야 할 것인가, 아니면

| 셰익스피어 |

살아야 할 것인가, 아니면 죽을 것인가
이것이 문제로다
잔인한 운명의 돌팔매와 화살을
마음속으로 참는 것이 더 고상한가
아니면 고난의 물결에 맞서
무기를 들고 싸워 이를 물리쳐야 하는 것인가
죽는 것은 잠자는 것, 오직 그뿐
만일 잠자는 것으로 육체가 상속받는 마음의 고통과
육체의 피치 못할 괴로움을 끝낼 수만 있다면
그것이야말로 진심으로 바라는바 극치로다
죽음은 잠드는 것!
잠들면 꿈을 꾸겠지? 아, 그게 곤란해
죽음이라는 잠으로 육체의 굴레를 벗어난다면
어떤 꿈들이 찾아올 것인지, 그게 문제지
이것이 우리를 주저하게 만들고, 또한 그것 때문에
이 무참한 인생은 끝까지 살아가게 마련이다
그렇지 않으면, 그 누가 이 세상의 채찍과 비웃음과
권력자의 횡포와 세도가의 멸시와

변함없는 사랑의 쓰라림과 끝없는 소송상태
관리들의 오만함과 참을성 있는 유력자가
천한 자로부터 받는 모욕을 한 자루의 단검으로
모두 해방할 수 있다면, 그 누가 참겠는가
이 무거운 짐을 지고 지루한 인생 고苦에 신음하며
진땀을 빼려 하겠는가
사후死後의 무언가에 대한 두려움이 아니라면
나그네 한번 가서 돌아온 일 없는
미지味知의 나라가 의지를 흐르게 하고
그 미지의 나라로 날아가기보다는
오히려 겪어야 할 저 환란을 참게 하지 않는다면
하여 미혹迷惑은 늘 우리를 겁쟁이로 만들고
그래서 선명한 우리 본래의 결단은
사색의 창백한 우울증으로 해서 병들고
하늘이라도 찌를 듯 웅대했던 대망大望도
집념에 사로잡혀 가던 길이 어긋나고
행동이란 이름을 잃고 말게 되는 것이다.

세상살이

| 장 콕토 |

당신의 이름을 나무에 새겨 놓으십시오
하늘까지 우뚝 치솟을 나무줄기에 새겨 놓으십시오
나무는 대리석보다 한결 낫습니다
그러면 새겨 놓은 당신의 이름도 자랄 것입니다.

인생

| 샬럿 브론테 |

인생은 사람들이 말하는 것처럼
어둡기만 한 것은 아닙니다
아침에 내리는 비는
빛나는 오후를 선물합니다.

때로는 어두운 구름이 몰려오지만
금방 지나갑니다
소나기가 와서 장미꽃을 피운다면
소나기 내리는 것을 슬퍼하거나 미워할 이유가 없습니다
인생의 즐거운 순간은 그리 많지 않습니다
반가운 마음으로 그 시간을 가지면 됩니다.

가끔 죽음이 찾아와
제일 좋아하는 사람을 데려가더라도
슬픔이 승리하여
희망을 짓누르더라도 어떻습니까.

내 인생은 장전된 총

| 디킨슨 |

내 인생은 장전된 총
길모퉁이에 서 있던 어느 날
마침내 주인이 지나가다 알아보고
나를 불러 데려갔다.

우리는 국왕의 숲속을 뒤지면서
사슴사냥을 했다
내가 주인을 위해 소리칠 때마다
불안한 산과 들은 두려움에 떨었다.

밤이 되고 멋진 하루가 끝나면
나는 주인님의 신변을 지킨다
밤을 함께 보내니 푹신한
오리 솜털 베개보다 더 좋았다.

그분의 적에게 나는 언제나 두려운 존재이다
총구를 겨누고
엄지손가락을 치켜들면
아무도 움직이지 못한다.

그분보다 내가 더 오래 세상을 살지 모르겠으나
그분은 나보다 더 오래 살아야 한다
나는 죽이는 능력은 있어도
죽는 힘은 없으므로 그렇다.

나는 하나의 별이다

| 헤르만 헤세 |

나는 저 높은 하늘에 빛나는 하나의 별
세상을 내려다보며, 때로는 세상을 비웃으며
스스로 불태우며 흩어지는 하나의 별.

나는 어두운 밤마다 굽이치는 성난 바다
이미 지은 죄에 새로운 죄를 지어
희생의 절망에 괴로워하는 바다.

나는 당신들의 나라에서 추방당한
그곳에서 태어났으나 결국은 배반당한 사람
나는 국토가 없는 불행한 왕.

나는 침묵에 쌓인 어두운 정열
집에는 아궁이가 없고 전쟁에서 칼을 잃은
나는 견딜 수 없는 나의 힘에 병이 든 사람.

나 여기 앉아 바라보노니

| 휘트먼 |

나는 홀로 세상의 모든 슬픔을 본다
온갖 고난과 치욕을 바라본다.

나는 나의 행위가 부끄러워
고뇌하는 젊은이들의 가슴에서
복받치는 아련한 흐느낌을 듣는다.

나는 아내가 지아비에게 학대받는 모습을 본다
나는 젊은 아낙네를 유혹하는 배신자를 본다.

나는 전쟁, 질병, 압제가 멋대로 행하여지는 꼴을 본다
나는 오만한 인간이 노동자와 빈민과 흑인에게 던지는
경멸과 모욕을 본다.

이 모든 끝없는 비천과 아픔을
나는 홀로 앉아 바라본다
그리고 침묵한다.

반짝이는 별이여

| 존 키츠 |

반짝이는 별이여, 내가 너처럼 변함없었으면
외로이 홀로 떨어져 밤하늘에 빛나며

계속 정진하며 잠자지 않는 자연의 수도자
그와 같이 영원히 눈 뜨고 지켜보면서

인간이 사는 해안 기슭을 깨끗이 씻어주고
출렁이는 바닷물을 지켜보며

넓은 들과 산봉우리에 내려 덮인
첫눈의 깨끗함을 응시하리라.

빛나는 당신을 보았습니다

| 휴스 |

나는 당신의 커다란 별이 좋았습니다
당신의 이름을 몰라 나직이 부를 수 없었지만
달 밝은 밤
온 하늘에 깔린 달빛 속에서도
당신은 찬란히 빛났습니다.

오늘 밤 휘몰아치는 비바람 속에서
온 하늘을 찾아보아도
바늘만 한 흐린 빛조차 찾을 수 없어
머리 숙이고 돌아오는 길
버드나무 꼭대기에 걸린
빛나는 당신을 보았습니다.

혼자

| 헤르만 헤세 |

세상에는
크고 작은 길이 너무나 많다
그러나
도착지는 모두 다 같다.

말을 타고 갈 수도 있고, 차로 갈 수도 있고
둘이서, 아니면 셋이서 갈 수도 있다
그러나 마지막 한 걸음은
혼자서 가야 한다.

그러므로 아무리 어려운 일이라도
혼자서 하는 것보다
더 나은 지혜나
능력은 없다.

생각의 차이

| 칼릴 지브란 |

언제인가, 나는 작은 시냇물에
바다 이야기를 들려주었습니다
그러자 그 시냇물은 나를 상상력이 풍부한
허풍쟁이로 생각했을 뿐입니다.

또 한번은
바다에 작은 시냇물 이야기를 들려주었습니다
그랬더니 바다는
나를
남을 헐뜯고 깎아내리는 중상자로 여겼습니다.

내 생각은

| 뵈른손 |

나는 위대해져야겠다는 생각에
우선 고향을 떠나야 한다고 결심했다
그리하여 나는 나의 모든 것을 잊었다
어디로인가 떠날 생각에 사로잡혀서
그때 나는 한 소녀의 눈동자를 보았다
그러자 먼 나라는 작아지면서
그녀와 함께 평화롭게 사는 것이
인생의 행복처럼 여겨졌다.

나는 위대해져야겠다는 생각에
우선 고향을 떠나야 한다고 결심했다
이리하여 정신의 크나큰 모임에
젊은 힘은 높이 용솟음쳤다
하지만 그녀는 가르치기를
하나님이 주는 큰 뜻은
유명해지거나 위대해지는 것이 아니라
올바른 사람이 되는 것이라고 했다.

나는 위대해져야겠다는 생각에
우선 고향을 떠나야 한다고 결심했다
나는 고향의 냉정함을 알고 있었다
내가 오해받고 소외당하고 있음을 느꼈다
하지만 그녀를 통해 발견한 것은
내가 만나는 사람의 눈에는 사랑이 있다는 사실
모두가 기다린 것은 나였다
그리하여 내 인생은 새로워지게 되었다.

내 직업은

| 토마스 |

내 직업은 눈에 띄지 않는 시간과 더불어
고요히 밤을 지새운다
하늘에는 달이 불타고 있다.

연인들이 침대에 누워
사랑의 슬픔을 꿈꿀 때
나는 등불 밑에서 가난한 시를 쓴다.

이 작업은 명예 때문도 아니고
화려하게 세상을 떠도는
나의 풍성한 식탁을 위해서도 아니다.

사념이 파도처럼 밀려오는 종이 위에
내가 시를 쓰는 것은
불타는 달과 세상의 오만한 사람 때문이 아니며
과거의 유명한 시인에게 바치기 위함도 아니다.

오직 어느 시대에나 변함없는 슬픔을 간직한
연인들의 시를 나는 가난으로 쓰고 있다
하지만 누구 하나 보상해 주지도 않고
내 직업과 하는 일에 관심조차 없다.

힘과 용기

| 데이비드 그리피스 |

인생에서 강해지기 위해서는 힘이
삶에서 부드러워지기 위해서는 용기가 필요하다.

자신의 인생을 방어하기 위해서는 힘이
삶의 방어 자세를 버리기 위해서는 용기가
인생에 대한 확신을 가지는 데는 힘이
삶에 의문을 가지는 데는 용기가 필요하다.

타인의 인생과 조화를 이루기 위해서는 힘이
타인의 삶에 따르지 않기 위해서는 용기가
다른 사람의 고통을 느끼기 위해서는 힘이
자신의 고통과 마주하기 위해서는 용기가 필요하다.

끝까지 해 보라

| 에드거 A. 게스트 |

너에게 고통스러운 일이 생기면
마주 보고 당당하게 맞서라
실패할 수 있겠지만 승리할 수도 있다
끝까지 해 보라.

네가 걱정으로 가득 차 있을 때
희망조차 잃어버리게 될지도 모른다
하지만 지금 네가 겪고 있는 일들은
다른 이들도 모두 겪은 일임을 기억하라.

실패한다면, 넘어지면서도 싸워라
무슨 일을 해도 포기해서는 안 된다
마지막까지 눈을 똑바로 뜨고 머리를 쳐들고
끝까지 해 보라.

용기 있는 여행의 시작

| 나짐 히크메트 |

가장 지혜로운 시는 아직 쓰이지 않았다
가장 아름다운 노래는 아직 불리지 않았다
최상의 날은 아직 살아보지 않은 날들
가장 넓은 바다는 아직 항해하지 않았고
가장 먼 여행은 아직 끝나지 않았다.

불멸의 춤은 아직 추지 않았으며
가장 빛나는 별은 아직 발견되지 않은 별
무엇을 해야 할지 더 이상 알 수 없을 때
그때 비로소 진정한 무엇인가를 할 수 있다
어느 길로 가야 할지 더 이상 알 수 없을 때
그때가 비로소 용기 있는 여행을 시작할 때이다.

고귀한 인품

| 새뮤엘 존슨 |

사람을 돋보이게 해 주는 것은
나무처럼 높이 자라는 것이 아니다
한편 낙엽 지고 시들어 말라버린
통나무로 쓰러지는 참나무처럼
3백 년 동안 버티고 서 있는 것도 아니다
한 계절을 겨우 지내는 백합일지라도
때로 시들어 죽기는 해도
5월이 되면 누구보다 더 아름답다
그것은 빛의 풀이며 꽃이기 때문이다
우리가 참다운 아름다움을 간직할 때
짧은 기간 내에도 인생은 완전해질 수 있다.

목표를 향하여

| 헤르만 헤세 |

언제나 목적도 없이 걸었다
쉬고 싶은 생각은 조금도 없었다
나의 길은 정착지가 없는 듯하였다

드디어 나는 한자리를 맴돌고 있음을
깨닫고 긴 방황에 지쳐버렸다
그날이 바로 내 삶의 전환기였다

주저하며 나는 지금 목적지를 향해 걷고 있다
내가 가는 길마다 죽음이
손 내밀고 있음을 알기에.

청춘

| 사무엘 울만 |

청춘이란 인생의 한 시기가 아니라
어떤 마음가짐을 뜻합니다
장밋빛 볼과 붉은 입술, 강인한 육체보다는
풍부한 상상력과 반짝이는 감수성과 의지력
그리고 인생의 깊은 샘에서 솟아 나오는 참신함입니다.

생활의 권태를 벗어나는 용기
안이함에 대한 집착을 초월하는 모험심
청춘이란 자신의 탁월한 정신력을 뜻합니다
때로는 스무 살의 청년보다
예순 살의 노인이 더 청춘일 수 있습니다.

인간은 세월만으로 늙지 않고
이상을 잃어버릴 때 늙습니다
세월은 얼굴에 주름을 만들지만
영혼은 열정을 상실할 때 주름지고
불필요한 근심과 불안은 정신까지 타락시킵니다.

젊음과 방황

| 헤르만 헤세 |

목표도 없이 방황하는 것은 청춘의 기쁨이다
지금은 그 기쁨도 청춘과 함께 사라졌다
그 후부터 목표와 의지를 느끼면
나는 그 자리에서 떠나버렸다.

목표만을 좇는 눈은
방황의 참뜻을 맛볼 수 없다
가는 길마다 기다리고 있는 숲이나
강이나 화려한 것들이 가려져 있을 뿐이다.

이제는 나도 방황을 더 배워야겠다
순간의 티 없는 반짝임이
동경의 별 앞에서 빛을 잃지 않도록.

방황의 비결은 다른 사람들과의 윤무輪舞에
함께 어울릴 때나 휴식할 때도
사랑하는 먼 길 위에 있다는 것이다.

젊은이에게 주는 충고

| 릴케 |

마음속의
풀리지 않는 모든 문제에 대해
인내를 가져야 한다.

문제, 그 자체를 사랑하라
지금 당장 해답을 얻으려 해서는 안 된다
지금 당장 해결할 수 없으니까.

중요한 건 모든 것을 겪어보는 일이다
지금, 그 문제들을 겪어보라
그러면 언젠가 먼 미래에
자신도 알지 못하는 사이에
삶이 너에게 해답을 가져다줄 것이다.

작은 기쁨을 위하여

| 톨스토이 |

기뻐하라
나의 어두운 마음이여
네가 끊임없이 짓눌렸던
그 고통에서 벗어났다
내 위에 무덤처럼 덮여 있던
고통의 시간은 이미 끝났다.

오늘은 세상이 밝은 빛으로 아름답다
마치 새로 태어난 것처럼
너는 이 넓고 푸른 초원의 언덕에서
이미 많은 괴로움을 벗었다.

이슬이 풀잎에서 빛으로 반짝인다
찬란한 아침 햇살을 받고
저 투명하게 푸른 하늘에는
융프라우의 눈이 선명하다.

모든 가지에서 새들이 즐겁게
아름다운 날개를 흔들고 있다
계절의 마지막 검은 까마귀는
저쪽 마을로 날아가서 돌아오지 않는다.

이제 잠시만 인내하라
더 이상 괴로워해서는 안 된다
찬란한 여름의 환희가
봄의 광풍을 몰아내고 달려온다.

고난의 시간을 보내는 친구들에게

| 헤르만 헤세 |

이 암담한 절망의 시기에도 사랑하는 벗들이여
나의 말을 음미하여 보아라
인생을 밝게 생각하든, 슬픔이라 여기든
나는 인생을 탓하지 않을 것이다
햇빛과 폭풍우는 같은 하늘의 다른 표정에 지나지 않는다
운명은 즐겁든 괴롭든 훌륭한 삶의 양식으로 쓰여야 한다
가파른 오솔길을 영혼은 걷는다
그의 말을 읽는 방법을 배워라
오늘의 괴로움을 그는 내일이면 은총으로 찬양할 것이다
잘 익지 못한 것만이 죽어간다
다른 것들에게는 신의 의지를 깨닫게 하겠다
낮은 곳에서나 높은 곳에서나 영혼이 깃든 마음을 기르는
그 최후의 단계에 이르러서야 비로소
우리는 자신에게 휴식을 줄 수 있다
우리는 신의 음성을 들으며
비로소 하늘을 우러러볼 수 있다.

잃어버린 청춘

| 롱펠로 |

가끔은 바닷가에 있는
아름다운 마을을 떠올린다
가끔은 그 그리운 길거리가
내 추억 속에 오락가락하고
그때마다 내 청춘은 다시 돌아오는 것이다
섬사람들의 옛 노래 가사 한 대목이
언제나 내 기억 속에서 사라지지 않는다.

소년의 마음은 바람처럼 자유롭지만
젊은이는 언제나 한 가지만 생각한다.

그 마을 나무들의 어렴풋한 선들이 보이고
갑작스러운 섬광 속에
저 멀리 에워싼 바다의 광선과
내 어린 날의 꿈의 낙원이었던
섬들이 시야에 들어온다
그럴 때면 그 옛 노래의 후렴구를
아직도 중얼거리며 속삭여 본다.

소년의 마음은 바람처럼 자유롭지만
젊은이는 언제나 한 가지만 생각한다.

그 검은 부두와 선창과
자유로이 넘실거리는 조수와
입가에 수염을 키운 스페인 선원들과
아름답고 신비한 배들의 모습과
바다의 마력을 나는 기억한다
그리고 그 멋진 노래의 음성은
지금도 여전히 노래하며 말한다.

소년의 마음은 바람처럼 자유롭지만
젊은이는 언제나 한 가지만 생각한다.

학생의 머릿속을
내딛고 있는 그 밝은 어두움
마음속의 노래와 침묵을 기억하노니
그 반은 예언이요, 또한 반은

터무니없는 갈망이다
그러면 그 변덕스러운 노랫소리는
계속 이어지고 조용할 줄 모른다.

소년의 마음은 바람처럼 자유롭지만
젊은이는 언제나 한 가지만 생각한다.

다이어링의 숲은 신성하고 아름다우며
내 마음은 너무 기쁜 나머지
쓰라린 심정으로 그곳을 헤매면서
지난날들의 꿈속에서
잃어버린 젊음을 되찾게 된다
그럴 때면 숲은 아직도 그 기이하고
아름다운 노래를 되풀이해 부른다.

소년의 마음은 바람처럼 자유롭지만
젊은이는 언제나 한 가지만 생각한다.

오늘

| 칼라일 |

또 다른 희망찬 새날이 밝아온다
그대는 지금 이날을
헛되이 흘려보내려 하는가?

우리는 시간을 느끼지만
누구도 그 실체를 본 사람은 없다
시간은 우리가 한눈파는 동안
순식간에 도망쳐 버린다.

오늘 또 다른 새날이 밝아왔다
설마 그대는 이날을
헛되이 흘려보내려 하는 것은 아니겠지?

오늘만큼은

| 시빌 F. 패트리지 |

오늘만큼은 아름답고 풍요롭게 살자
남에게 상냥한 미소 보내고
예의 바르게 행동하며
아낌없이 남을 칭찬하는 데 열중하자.

인생의 모든 문제는
한 번에 해결되지 않는다
하루가 인생의 시작이라는 각오로
준비하고 그 계획을 지키려 노력해 보자.

조급함과 망설임이라는
두 단어를 추방하도록 노력하고
나의 인생에 대해
올바른 판단을 할 수 있도록 노력해 보자.

하루하루가

| 헤르만 헤세 |

하루하루가 어쩌면 이렇게도 괴로운가!
불 가에 있어도 따스하지 않다
태양도 이제는 웃어 주지 않는다
모든 것이 공허하고
쌀쌀하고 피곤하다
다정히 밝은 별들도
별수 없이 나를 내려다본다
사랑도 결국에는 죽는다는 것을
뼈저리게 느끼고 나서부터는.

너의 하루

| 권터 아이히 |

너의 하루는 잘못 가고 있다
너의 밤은 황량한 별들로 가득 차 있다

백 가지 생각이 떠오르고
백 가지 생각이 지워진다

너는 기억하고 있는가?
일찍이 너는 푸른 강 위에 떠 있는 조각배였다는 것을

일찍이 너는 나무의 발을 가지고
이 세상 항구에 정박하고 있었다는 것을

지금의 너의 걸음은 너무 성급하고
너의 말과 너의 얼굴은 너무 비굴하다

너는 다시 말 없는, 거리낌 없는
옛날로 돌아가야 한다

하루의 맑은 비를 마시고
건강한 일상의 잎을 키워야 한다.

우리는 탐구자

| 메이스필 |

우리는 친구도 사랑스러운 애인도 돈도 집도 없다
그러나 불타는 목표와 희망, 가야 할 길이 있다

만족과 안정, 마음의 평화는 우리 것이 아니다
우리는 영원히 찾지 못할 도시를 향해 가고 있다

눈으로는 발견할 수 없는 숨은 행복을 찾는
우리에게 이 세상에는 작은 위안도 없다

오직 새벽과 태양, 폭풍과 비바람
깊은 잠과 다시 가야 할 길이 있을 뿐이다

우리는 신이 선택한 도시, 축복이 있는 곳을 찾지만
우리가 찾는 것은 떠들썩한 장터와 우울한 종소리뿐이다

부유한 사람들이 만나는 황금의 도시는 없고
걸인들이 길거리를 누비는 슬픈 마을이 있다

우린 흙먼지 날리는 황량한 길 간다. 날은 점점 어두워지고
지는 해가 먼 지평선에 걸린 뾰족탑 보여줄 때까지

우리는 이른 새벽부터 해가 질 때까지 길을 가야 한다
저 하늘 너머에 있는 희망의 도시를 찾아서.

운명의 칼날에 닿을 때까지

| 셰익스피어 |

진실한 사랑 앞에
장애물을 놓아서는 안 된다
감추는 무엇이 발견되었을 때 변하는 사랑이라면
그건 사랑이 아니다.

사랑은 영원히 고정된 하나의 표적
사나운 비바람에도 흔들리지 않는 바위
방황하는 모든 배에 밤하늘의 별과 같은 것
그 높이는 알 수 있어도
그 가치의 깊이는 알 수 없다.

사랑은 세월의 놀이가 아니다.
장밋빛 입술과 뺨이 자기의 낫에 베일지라도
사랑은 짧은 몇 시간, 몇 주 사이에 변하지 않는다
운명의 칼날에 닿을 때까지
사랑은 지지받을 것이다.

만일 이것이 잘못되고
또 잘못된 것이 입증된다면
나는 이렇게 쓰지 않았을 것이다
지금까지 사랑을 한 사람이라곤
아무도 없었을 것이다.

나의 방랑 생활

| 랭보 |

내가 갔다. 터진 주머니에 손을 넣고
양복저고리는 관념이 되었다
시신詩神이여, 나는 하늘 아래 거니는 너의 충신
오, 랄랄라. 나 얼마나 멋진 사랑을 꿈꾸는가.

단벌 바지에 구멍이 났다
꼬마 몽상가라 길에서 운율을 읊었다
내 오두막집은 밤하늘 큰 별자리에 있다.

하늘의 내 별이 부드럽게 살랑거리는 소리를
나는 길가에 앉아 들었다
9월의 황홀한 저녁 소리를
이마에 떨어지는 이슬방울로.

환상적인 그림자로 운율 맞추며
가슴 가까이에 흙먼지 묻은 발을 대고
터진 구두끈을 힘껏 잡아당겼다.

나의 것에 대해 만족하지 못할 때

| 셰익스피어 |

운명으로부터 버림받고 세상의 사랑 얻지 못하여
처량한 내 신세 탄식하면서
하늘을 향해 외쳐 보지만
아무런 대답 없이
나 자신의 운명을 저주하고
희망으로 빛나는 사람들을 부러워하고
잘생긴 사람과 친구 많은 사람을 시샘하고
이 사람 저 사람의 능력에 눈길 보내며
나와 나의 것에 대하여 전혀 만족하지 못할 때
이렇듯 나 자신을 경멸할 때도
어쩌다 그대를 생각하면
나는 새벽녘 우울한 대지로 솟아오르는
종달새 되어 천국의 문턱에서 노래한다
그대의 그 달콤한 사랑으로 내 마음은 행복하여
나는 나 자신을 왕과도 바꾸지 않으리라.

나는 너무나 달라졌다

| 구로다 사부로 |

나는 너무나 달라지고 말았다
나는 어제와 같이 넥타이 매고
어제와 마찬가지로 변함없이 가난하고
어제처럼 아무 자랑거리가 없다
하지만, 나는 너무나 달라지고 말았다
나는 어제와 같은 옷 입고
어제처럼 술에 취하여
어제처럼 멋대로 세상을 살고 있다
하지만, 나는 너무나 달라지고 말았다
아! 엷은 웃음과 떠오르는 웃음
입속으로 내뱉는 웃음과 바보 같은 헛웃음 속에서
나는 눈을 깊게 감는다
그때 내 속에서 내일을 향해 날아가는
희고 아름다운 나비가 잉태된 것이다.

청춘의 불리함

| 마루야마 카오루 |

청춘의 머리칼은 너무 길게 자랐다
청춘은 때로 불결하다
청춘은 말을 더듬거린다
청춘은 구두 밑창에 못이 나와 있다
—뉘우침의 못이—
청춘의 호주머니는 늘 빈털터리다
청춘의 어깨는 불타고 있다
그리고 그 위에
청춘은
이상과 같은 불리함으로
청춘은 청춘임을 정말 모르고 있다.

오늘 울어서는 안 된다

| 로제티 |

오늘 울어서는 안 된다. 그런데 이 슬픔은 무엇인가?
지금의 불안 속에서도 얻을 것은 있다
마음 깊은 곳까지 적시는
눈물의 고통을 억누를 수 있게 하여라.

과거의 용기와 미래의 희망을 생각하라
다시 일어서라. 이제 더 이상 슬퍼해서는 안 된다
버리고 싶은 나날에 대해서
더 좋은 인생의 시절에 대해서.

생명은 나날이 떠나고 있다. 어두운 무덤의 평화를 향해
분명하게 다가올 것이다. 바로 그날이
하룻밤의 안락한 잠과 헤어져
끝없는 잠 속으로 여행을 떠난다.

싸워라. 투쟁 속에서 살아라. 너의 죽음은
이것은 꿈속의 일이 아니다
예고 없이 슬픔처럼 찾아오는 일이다
그때가 어쩌면 오늘일지도 모른다.

무지개

| E. 워즈워스 |

하늘의 무지개를 바라보면
내 가슴은 벅차오른다
나 어려서 그러하였고
어른이 된 지금도 그러하거늘
늙어서도 그러할 것입니다.
아니면, 이제라도 나의 목숨을 거두어 가소서,

어린이는 어른의 아버지
바라나니 내 생애의 하루하루를
천성의 경건한 마음으로 살아가게 하소서.

내 나이 스물 하고 하나였을 때

| 알프레드 E. 하우스 |

내 나이 스물 하고 하나였을 때
어떤 현명한 사람이 나에게 말했습니다
"돈을 준다고 하더라도
네 마음만은 주어서는 안 된다."
하지만, 내 나이 스물 하고도 하나였으므로
전혀 소용없는 말이었습니다.

내 나이 스물 하고 하나였을 때
어떤 현명한 사람이 나에게 말했습니다
"마음속의 사랑은
결코 그냥 주어지는 게 아니야.
그것은 숱한 한숨과
끝없는 슬픔의 대가란다."

지금 내 나이는 스물 하고 둘
아, 그건 정말 진리입니다.

진정한 성공

| 에머슨 |

자주, 그리고 많이 웃는 것
현명한 이에게 존경받고
아이들에게서 사랑받는 것
정직한 비평가의 찬사를 듣고
친구의 배반을 참아내는 것.

아름다움을 식별할 줄 알며
다른 사람에게서 최선의 것을 발견하는 것
건강한 아이를 낳든
정원을 가꾸든
사회 환경을 개선하든
자기가 태어나기 전보다
세상을 조금이라도 살기 좋은 곳으로
만들어 놓고 떠나는 것.

자신이 한때 이곳에 살았으므로 해서
단 한 사람의 인생이라도 행복해지는 것
이것이 진정한 성공.

서른 살의 시인

| 장 콕토 |

이제 인생의 중반에 접어들어
내 삶을 바라본다
과거와 같은 미래, 변함없는 풍경이지만
서로 다른 계절로 나누어져 있다.

이쪽은 어린 노루 뿔 모양의 굳은 포도 넝쿨로
붉은 땅 위에 덮여 있고 빨랫줄에 널린 빨래가
웃음과 손짓으로 하루를 맞아준다
저쪽은 겨울, 그리고 내게 주어질 또 다른 이름.

비너스여, 아직 날 사랑한다고 말해다오
내가 네 이야기를 하지 않았다면
내 삶이 모두 시로 이루어지지 않았다면
난 너무도 공허해 지붕 위에서 뛰어내렸을 것이다.

타인은 내 자신입니다

| 칼릴 지브란 |

타인이 그대를 비웃는다면
그대는 그를 불쌍히 여길 수 있을 것입니다
그러나 그대가 타인을 비웃는다면
그대는 그대 자신을 절대 용서할 수 없을 것입니다.

만약 타인이 그대를 해친다면
그대는 그 피해를 잊을 수 있을 것입니다
그러나 그대가 그를 해친다면
그대는 언제까지나 그것을 기억할 것입니다.

진실로
타인이란 다른 몸에 담긴
가장 민감한 자기 자신입니다.

그때 꼭 한번 본 그것은

| 프로스트 |

빛을 등진 채 우물가 그늘에 앉아 있는
내 모습을 사람들은 조롱의 눈빛으로 바라본다
눈에 보이는 여름 하늘의 신처럼
고사리 다발 모양의 구름 밖
거울 같은 수면에 비치는
나 자신의 초라한 모습이 바람처럼 흔들린다
언제인가, 우물가에 턱 고이고 앉아 있는
내 모습 너머로 분명하진 않지만
뭔가 하얀빛과 같은
깊숙이 잠긴 것이 보이는 듯했다
그런데 곧 그 모습을 놓치고 말았다
물은 너무나 맑음을 스스로 꾸짖는 듯했다
고사리 같은 구름에서 물 한 방울 떨어져 수면에 번지며
그 모습을 지워버린 것이었다
그 하얀 빛과 같은 것은 무엇이었을까?
그냥 수정 조각이었을까?
그때 꼭 한번 보인 그것은.

마음으로 빌면 꽃이 핀다

| 사카무라 신민 |

'마음으로 빌면 꽃이 핀다.'
괴로울 때
어머니는 언제나 말씀하셨다
이 말을
나는 언제부터인가
외우게 되었다.
그리고 그때마다
나의 꽃이 이상하게도
하나하나
피어 있었다.

마음의 빛깔

| 작자 미상 |

사람의 마음은 불꽃과도 같아
인연에 닿으면 타오른다
사람의 마음은 번개와도 같아
잠시도 머무르지 않고 순간에 소멸한다
사람의 마음은 허공과도 같아
뜻밖의 연기로 더럽혀진다
사람의 마음은 원숭이와 같아
잠시도 그대로 있지 못하고 계속 움직인다
사람의 마음은 그림을 그리는 붓과 같아
온갖 모양을 그려 낸다.

마음의 무게

| 장 콕토 |

샘물이 흐른다
개 주둥이처럼 의젓하게
장미는
나의 기를 죽인 장미는 웃어본 적이 없다
나무는 서서히 진다
나무가 농담하는 경우는 없다
이를테면 나무는 그 그림자에 명령을 내린다
자거라, 푹 쉬어라
오늘 저녁에는 또 떠나야 한다
저녁이 되면 그림자는 나뭇가지로 올라가고
그래서 그들은 떠난다
내가 내 마음을 볼 수 있다면
나는 너에게 감히 미소를 던지지 못 하리라
내 마음은 달도 없는 이 한밤에
너무나 일이 힘들다
너를 베개 삼아 누워서 나쁜 소식을 전하러 오는
내 마음에 달려오는 발길을
나는 굽어보고 있다.

떡갈나무의 마음

| 테니슨 |

살아야 한다
젊은이도 늙은이도
저 떡갈나무처럼
봄에는 빛나고
황금처럼 불탄다.

여름에는 진한 색깔로 바뀌고
그리고 계속하여
가을로 바뀌면
다시금 순수한
황금빛이 된다.

그 잎도 끝내는
모두 떨어진다
그러나 떡갈나무는
밑동과 가지만은
벌거숭이의 힘으로 서 있다.

용서하는 마음

| 로버트 뮬러 |

일요일에는 자신을 용서합니다
월요일에는 가족을 용서합니다
화요일에는 친구와 동료를 용서합니다
수요일에는 국가의 경제기관을 용서합니다
목요일에는 국가의 문화기관을 용서합니다
금요일에는 국가의 정치기관을 용서합니다
토요일에는 다른 나라들을 용서합니다.

한가로움

| 데이비스 |

우리의 인생이 무엇인가, 근심에 싸여
걸음을 멈추고 물끄러미 바라볼 시간이 없다면

나무 밑에 서서 양이나 암소처럼
한가롭게 한 곳을 바라볼 시간이 없다면

숲을 지나면서 다람쥐들이 풀 속에다
밤알 감추는 것을 볼 시간이 없다면

환한 대낮에 밤하늘처럼 강물에
별이 가득한 것을 볼 시간이 없다면

아름다운 여인의 시선을 느끼며
춤추는 고운 발을 바라볼 시간이 없다면

여인의 눈에서 시작된 저 잔잔한 미소를
입으로 웃게 될 때까지 기다릴 시간이 없다면

우리의 인생은 하찮은 것, 만일 근심에 싸여
걸음을 멈추고 물끄러미 바라볼 시간이 없다면.

아무것도 없었다

| 프로스트 |

이 세상의 고통에 대하여
나는 하나님께 물어보려고 했다
그러나 허망하게도
하나님이 없다는 것을 알았다.

아마도 하나님은 나에게 말하려고 했을 것이다
아무도 웃어서는 안 된다는 사실을
하나님은 내가 보이지 않음을 알았다
그것은 나를 모르기 때문이었다.

위대한 것은 발바닥이다

| 사카무라 신민 |

위대한 것은
머리가 아니고
손이 아니고
발바닥이다
일생 남에게 알려지지 않고
일생 더러운 곳에 접하면서
묵묵히 자기 일을 다 한다
발바닥이 가르치는 것
발바닥 같은 일을 하고
발바닥 같은 인간이 되어라.

머리에서 빛이 나오는
아직 안 돼
얼굴에서 빛이 나오는
아직 안 돼
발바닥에서 빛이 나오는
그런 사람이야말로
정말 위대한 사람이다.

작은 것

| 카니 |

작은 물방울
작은 모래알
그것이 시작이 되어 바다가 되고
아름다운 나라가 된다.

작은 시작의 움직임
비록 하찮을지라도
마침내 영원이라고 하는
위대한 시대가 된다.

조그만 친절
조그만 사랑의 말
그것이 지상을 에덴이 되게 하고
천국과 같은 세상을 만든다.

자제심

| 모리스 |

그대는 새의 이름을 중얼거리며, 그것을
총으로 쏜 일은 없는가?
들장미를 가꾸면서 장난삼아 꺾었던 일은 없는가?
돈 많은 재벌 집을 방문하여
오직 빵과 콩을 먹었을 뿐이었는가?
신뢰의 마음만 지니고 맨손으로 위험과 맞섰는가?
남자든 여자든 사람들의 기품있는 행위를
진심으로 사랑하여, 기품있게 보답하기 위해
함부로 칭찬할 수는 없었단 말인가?
그렇다면 내 벗이 되고
그대의 벗이 될 수 있는 법을 가르쳐 주게.

침묵의 교훈

| 라이오넬 존슨 |

고독의 슬픔, 적막한 생각
가슴 아픈 나날, 나는 그 모두를 안다
흔들리는 신앙, 고뇌에 찬 희망
창백한 꽃. 나는 그 모두를 안다.

때로 불어오는 바람이 나를 슬프게 하고
별과 달밤이 공포에 잠기게 한다
바다에 깔린 슬픔
황량한 들판의 탄식이 나에게 어울린다.

참된 이름

| 이브 본드프와 |

나는 한때 너였던 이 성城을 사막이라 부르리라
이 목소리를 밤이라고, 너의 얼굴을 부재不在라고
그리고 네가 불모의 땅속으로 떨어질 때
너를 데리고 간 번갯불을 허무라고 부르리라.

죽는 일은 네가 좋아하던 나라
그러나 영원히 너의 어두운 길을 따라
나는 너의 욕망, 너의 형태, 너의 기억을 파괴한다
나는 인정사정없는 너의 적이다.

나는 너를 전쟁이라 부르리라
그리고 나는 너에 대하여
전쟁 시에는 자유행동을 행사하리라
그리고 나의 두 손안에는
너의 금 그어진 검은 얼굴을
그리고 나의 가슴 속에는
천둥 번개 치는 이 나라를 가지리라.

잃고 얻는 것

| 롱펠로 |

잃는 것과 얻는 것
놓친 것과 이룬 것을
서로 저울질해 보니
남은 것과 자랑할 것이 별로 없다.

많은 날을 헛되이 보내고
화살처럼 날려 보낸 희망에
못 미치거나 빗나갔음을 깨닫는다.

하지만 누가
이처럼 손실과 이익을 따지겠는가
실패가 알고 보면 승리일지 모르고
달도 기울면 다시 차오르지 않는가.

길이 보이면 걷는다

| 칼릴 지브란 |

길 끝에는 도착지가 있고
무엇과도 만나지 않으면 안 된다
하지만 우리 모두 자신이 꿈꾸는
최선의 길에 도착할 수가 없다
그래도 우리는 가야 한다
내가 목적한 길이기 때문에
바르게 걸어야 한다
잘못 가고 있는 그 길에도
기쁨과 슬픔이 있기 때문이다
나를 꿈꾸게 하는 또 다른 들판은 있기 마련이다
패랭이꽃 한 무더기쯤
가는 길 어디에 있어도
파랑새도 길 위라면
어디든지 있기 마련이다.

언덕 위로 뻗은 길

| 로제티 |

언덕 위로 뻗은 길이 내내 구불구불하나요?
그럼요, 끝까지 그래요.

오늘 여행은 온종일 걸릴까요?
이른 아침에 떠나 밤까지 가야 해요, 내 친구여.

그럼 밤에 쉴 곳은 있을까요?
서서히 저물 무렵이 되면 집 한 채가 있지요.

날이 어두워지면 보이지 않을 수도 있겠군요?
그 집은 틀림없이 찾을 수 있어요.

밤에는 다른 길손들을 만나게 될까요?
먼저 간 사람들을 만나겠지요.

내가 부르는 노래

| 타고르 |

내가 진심으로 부르고 싶었던 노래를
아직 부르지 못했습니다
수많은 악기만 켜 보다가 세월만 흘러갔습니다
아직 때가 되지 않았다고 말로도 다 표현하지 못했습니다
준비된 것은 오직 바라는 마음뿐입니다.

꽃은 더 이상 피지 않고
바람만이 한숨 쉬듯 지나갔습니다
나는 당신의 얼굴을 보지 못했고
당신의 목소리조차 들어보지 못했습니다
오직 알 수 있는 것은 내 집 앞을 지나는
당신의 가벼운 발걸음 소리뿐입니다.

내 집에 당신의 자리를 마련하는데
많은 시간을 보냈습니다
하지만 아직 등불을 켜지 못한 탓으로
당신을 내 집으로 청할 수 없습니다
나는 늘 당신을 만날 희망 속에 살고 있지만
그러나 나는 아직도 당신을 만나지 못하고 있습니다.

희망은 날개를 가지고 있는 것

| 디킨슨 |

희망은 날개를 가지고 있는 것
영혼 속에 머물면서
언어 없는 가락을 노래하며
결코 중지하는 일이 없다.

거센 바람 속에서 더욱 아름답게 들린다
이 작은 새를 괴롭힌 일로 해서
폭풍우도 괴로움을 느낄 것이니
새는 많은 사람의 마음을 녹여 주었기에

꽁꽁 얼듯이 추운 나라와
먼바다 기슭에서 그 노래를 들었다
그러나 괴로움 속에 있으나 한 번이라도
빵 조각을 구하는 일은 하지 않았다.

가장 빛나는 것은

| 브라우닝 |

꿀벌 자루 속에 일 년 동안 모은 향기와 꽃 무더기
보석 한복판에서 빛나는 광선의 경이로움
진주알 속에 감추어져 있는 바다의 빛과 그늘
향기와 꽃, 빛과 그늘, 경이로움과 풍요로움.

그리고 이것들보다 훨씬 더 높은 것은
보석보다도 더 빛나는 진리
진주보다도 더 순수한 믿음
우주 안에서 가장 빛나는 진리
그것은 한 소녀의 입맞춤이었네.

빛

| 헤르만 헤세 |

고향과 젊음과 인생의 아침을
수없이 망각하고 놓쳐버린 나에게
당신으로부터 늦은 소식이 전해지면
마음속에 묻혀 깊이 잠자던
모든 생각이
당신의 감미로운 빛이여, 신생의 샘이 솟는다.

과거와 현재 사이의 모든 인생이
우리가 늘 자랑스럽고도 풍요한 것으로 생각했던 인생이
지금은 허무하기만 하다. 나는 넋을 잃고
젊으면서 영원히 나이를 먹은
잊어버린 옛날의 동요와 같은 삶의 멜로디에
다시 귀 기울인다.

소리 높은 지혜여
영롱한 아침의 빛이여
너의 빛은 먼지와 온갖 어지러움 너머로 스쳐 가지만
온갖 노력의 노고는
미로 속에서 이루어지지 않는다.

꿈을 잊지 마세요

| 올바시 쿠마리 싱 |

어둡고 구름 낀 날은 잊어버리고
태양이 밝게 빛나던 날을 기억하세요
실패했던 날은 잊어버리고
승리했던 날만을 기억하세요.

지금 번복할 수 없는 실수는 잊어버리고
그것을 통해 얻은 교훈을 기억하세요
어쩌다 마주친 불행은 잊어버리고
우연히 찾아온 행운만을 기억하세요.

외로웠던 날은 잊어버리고
친절한 미소만을 기억하세요
이루지 못한 목표는 잊어버리고
항상 꿈을 지녀야 한다는
사실만을 기억하세요.

감미롭고 조용한 사념 속에

| 셰익스피어 |

감미롭고 조용한 사념 속에
지난 일들을 돌이켜 볼 때
잃어버린 많은 것들을 한탄하며
귀중한 시간의 손실을 슬퍼한다
그러면 메말랐던 나의 눈은 또다시 젖는다
죽음의 기한 없는 밤으로 가려진 귀한 벗들을 위해
또한 오래전에 잊힌 사랑의 슬픔으로 울게 되고
기억 속에 살아있는 모습들로 가슴 앓는다
그러면 옛 슬픔이 다시 살아나서
아파했던 슬픈 사연을
무거운 마음으로 하나하나 따져 본다
마치 처음으로 그러는 듯
그러나 벗이여, 그대를 생각하면
모든 손실은 없어지고 슬픔도 사라진다.

두 허물 자루

| 칼릴 지브란 |

우리는 다른 사람의 실수는 쉽게 보지만
정작 살펴보아야 할 자신의 실수에는 무관심합니다
그리스 속담에 이런 말이 있습니다
'사람은 누구나 앞뒤에 하나의 자루를 달고 다닌다
앞에 있는 자루에는 남의 실수를 모아 담고
뒤에 있는 자루에는 자기의 실수를 주워 담는다.'

뒤에 있는 자신의 실수를 담는 자루는
자기에게는 보이지 않지만
반대로 다른 사람의 눈에는 잘 보인다는 것을
늘 염두에 두고
자기반성을 게을리하지 말아야 할 것입니다.

명상

| 톨스토이 |

램프 불을 끄면 빛은 없어집니다
그러나 의식은 끌 수가 없습니다.

한 번쯤 자신의 내부를 향해서 떠나보십시오
명상으로 들어가 보면 사람들은 모두 겁을 냅니다
그들은 알 수 없는 두려움에 몸을 떱니다
깊은 내적인 전율이 솟아납니다
깊은 불안과 고민이 솟아납니다
눈을 뜬, 깬 의식에 가까워지고 있기 때문입니다
존재에 가까워지고 있는 것입니다.

하나의 거대한 공간
처음도 끝도 없는
하나의 영원
그것이 바로 당신입니다.

아직도 나는 가난한 자입니다

| 톨스토이 |

주여!
당신은 내 삶의 마지막 순례지입니다
나라에서 나라로 순례하였습니다
주여!
나의 고향을 찾게 하여 주시옵소서
너무나도 많은 오솔길을 헤매었습니다
주여!
참다운 길을 가르쳐 주시옵소서
이미 나의 걸음은 지쳐 있습니다
주여!
당신 곁에 머물러 있게 하여 주옵소서
나의 두 손은 허무하게 묶여 있습니다
주여!
당신 사랑의 불로 따뜻하게 하여 주옵소서
누구도 건네주지 않는 손을 나는 구했습니다

주여!
기다리고 있는 말을 주옵소서
아아, 나는 거만하였습니다
주여!
겸손한 모든 것을 가르쳐 주옵소서
아아, 나는 정욕에 눈이 어두웠습니다
주여!
당신의 은총으로 비추어 주옵소서
어떠한 속박도 나는 승낙하려 하지 않았습니다
주여!
당신이 멘 멍에를 내게 씌워주십시오
나는 사랑을 모르는 자입니다
오오, 주여!
자비를 베풀어 주옵소서
아직도 나는 가난한 자입니다.

부드럽게 받쳐주는 분

| 릴케 |

나뭇잎이 조용히 떨어진다
멀리서 다가오듯 떨어진다
마치 하늘의 정원이 조금씩 시들고 있는 것처럼
거부의 몸짓으로 떨어지고 있다.

밤이 찾아오면 지구는
모든 별로부터 멀어져 고독 속에 잠들 것이다.

우리 모두 떨어진다
여기 이 손도 떨어진다
모든 것들이 떨어진다.

그렇지만, 이렇게 떨어지는 모든 것을
부드럽게 받쳐주는 그분은 누구일까.

살아남은 자의 슬픔

| 베르톨트 브레히트 |

나는 알고 있다
운이 좋았던 탓으로
나는 그 많은 친구보다
오래 살아남을 수 있었다
그러나 지난 밤 꿈속에서
죽은 친구들이 나에 대하여
이야기하는 소리를 들었다
강한 자는 살아남는다고
나는 나 자신이 미워졌다.

나는 슬픔의 강을 건널 수 있습니다

| 디킨스 |

나는 슬픔의 강을 건널 수 있습니다
강물이 가슴까지 차올라도
익숙합니다
하지만 기쁨이 날 살짝 건드리면
발이 휘청거려 넘어집니다
사실은 술에 취했거든요
조약돌도 웃겠지만
맛본 적 없는 새 술 때문이었습니다.

힘은 오히려 아픔입니다
닻을 올리기까지
격렬한 훈련 속에서도 좌초되는 것이 힘입니다
거인에게 향유를 주어보십시오
평범한 사람으로 연약해집니다
하지만 히말라야를 주어보면
그 산을 번쩍 안고 갈 것입니다.

오누이의 전설

| 새뮤얼 콜리지 |

언덕 위 넓은 풀밭에서
귀여운 두 어린이가 바람으로 날개를 벌린
타조 모습으로 뜀박질하고 있었다
두 어린이는 오누이 사이
누이는 동생을 한참을 따라 제치고
뒤돌아보며 달려가면서
뒤따라오는 동생의 동정을 살폈다
아아! 동생은 보지 못하는 장님이었다
장님인 동생은 평탄한 길이나 자갈밭 길을
같은 걸음으로 달리지만
자기가 앞섰는지, 아니면
뒤떨어졌는지 알지 못한다.

열병을 앓는 사람

| 헤르만 헤세 |

나의 생애는 온통 죄로 차 있었다
그러나 많은 죄가 용서될 것이다
하지만 인간들은 용서해 주지 않는다
그들은 이해하지도 용서하지도 않고
나의 무덤 위에 돌을 던질 것이다
그러나 별들이 나를 데리러 오고
달이 나에게 웃음을 준다
그러면 나는 달의 조그마한 배를 타고
별의 궤도를 따라 조용히
반짝이는 밤하늘을 떠갈 것이다
빛이 나를 괴롭게 하고 어지럽히고
모든 것이 빙글빙글 돌아가고, 가볍게 뜨고
어머님이 다시 나를 끌어안을 때까지.

마지막 남은 사람

| 릴케 |

나는 생가生家도 없다
하지만 잃은 것은 아무것도 없다
어머니가 나를 이 세상에 태어나게 한 것이다
그래서 나는 지금 이 세상에 서서
자꾸만 세상 속으로 깊숙이 파고 들어가는 것이다
그리고 나에게는 나의 행복이 있고, 나의 슬픔이 있고
또 모든 것을 하나씩 더 가지려 하고 있다
그렇지만 나는 상속인의 하나
일찍이 나의 가문은 나뭇가지처럼 세 갈래로 갈라져
숲속의 일곱 성城에서 한때 꽃을 피웠다
그리고 나는 집안 문장紋章에 싫증 내며 이미 늙어버렸다
그들이 내게 남겨준 것과 옛적의 소유물은
고향에 없는 것들
나는 죽을 때까지 내 손에 쥐고 내 무릎에 눕히고
그것들을 간직해야 한다
왜냐하면 내가 그것을 치우다가
이 세상에 내려뜨리는 실수를 했기 때문
이 실수는 물결 위에 놓여 있는 것 같기 때문이다.

나그네

| 헤르만 헤세 |

밤마다 끊임없이
단풍나무 그늘이 싸늘하게 지키는
고요한 샘물이 흘러내리는 것은
그 얼마나 신기한 일인가
그리고 달빛이 박공지붕 위에
향기와도 같이 끊임없이 흐르며
가벼운 구름이 떼지어 차디찬 암흑의 공중을 나는 것은
그 얼마나 신기한 일인가
그러한 것은 모두 변치 않을 것이며
우리는 이 밤을 쉬고
앞으로 길을 떠나야 한다
또 우리를 생각해 주는 사람은 아무도 없다

그리고 여러 해가 지난 뒤에
꿈속에서 샘물이, 문이, 박공지붕이
지난날 그대로 문득 마음속에 떠오를 것이다
그것은 지금도 변함없고 또 영원히 변치 않을 것이다
그것은 고향의 그리움처럼 빛나건만
박공지붕은 나그네에게 있어
짧은 휴식을 위한 것에 지나지 않았다
이제 그는 그 거리도, 이름도 모두 잊었다
밤이면 밤마다 끊임없이
단풍 그늘이 싸늘하게 지키는
고요한 샘물이 흘러내리는 것은
그 얼마나 보기 드문 신기한 일인가?

나그네의 밤

| 괴테 |

산마루마다
쉬어야 할 곳이 있고
나뭇가지에 걸리는
산들바람도
어디로인가 숨어 버리고
새도 숲에서 잠을 청한다
잠시만 기다려라, 나그네여
또한 그대도 쉬어야 하리.

금빛은 오래 머물 수 없는 것

| 프로스트 |

자연의 첫 푸름은 금빛이었답니다
오래 머물기에 가장 어려운 빛깔입니다
자연의 첫 잎은 꽃이었답니다
하지만 한 시간을 머물지 못합니다
잎은 곧 잎으로 머물기에
낙원은 슬픔으로 젖어 들고
새벽은 낮으로 빛바래는 것
금빛은 오래 머물 수 없습니다.

무상無常

| 셸리 |

오늘은 아름다운 꽃도
내일이면 시들어 버린다
우리가 머물기를 바라는 모든 것은
잠시 유혹하다가 사라져버린다
이 세상의 즐거움이란 무엇을 말하는가?
밤을 밝히는 불빛도
잠시이기 때문에 찬란해 보일 뿐이다.

도덕이란 얼마나 불필요한 것인가
우정은 또 얼마나 부자유스러운 것인가
사랑은 거짓과 포장된 대가로
얼마나 허망한 행복을 거래하는 것인가
우리는 머지않아 다투어 지상을 떠나야 하지만
행운이 우리의 것이라고 말하는
모든 것보다 더 오래 생명을 연장하고 있다.

하늘이 푸르고 높게 빛나는 동안을
꽃들이 다투어 피어 화려한 동안을
세상이 어두워져서 눈으로 보지 못하기 전에
밝은 날을 실컷 즐기려고 한다
고요한 시간이 행진하는 동안
이루지 못한 것은 꿈으로 꾸고 잠에서 깨어나면
바람처럼 눈물을 흘릴 것이다.

회환悔還

| 비용 |

늙음의 입구에 다다르기까지
너는 누구보다도 즐거웠던 나의 젊은 시절을
나도 모르게 떠남을 숨겨온 젊음을 이제 나는 슬퍼한다
그 화려한 시절은 걸어서 가버린 것도
말을 타고 가버린 것도 아닌
도대체 어떻게 가버린 것일까
결국은 예고도 없이 가버린 시간의 흐름 속에서
나에게 남겨준 것은 아무것도 없다
끝끝내 그 화려한 시절은 가고
지금의 나는 세금의 혜택이나 연금 한 푼 가진 것 없이
슬픔과 절망 마주하고 검은 오디보다 더 참담한 모습으로
세상에서 유랑하듯 머물러 있다
사실 고백하지만, 가까운 친척 중에 가장 하찮은 자까지도
내 주머니에 몇 푼의 돈이 없다고 하여
나를 외면하고 따돌림까지 한다
아, 너무나 한심하다. 미친 듯한 내 젊은 시절이
배움에 열중하고 건전한 생활을 영위하였다면
지금쯤은 나도 아름다운 집에 푹신한 침대를

가질 수 있었을 것이다
하지만, 지난날의 내 모습은 어떠했는가
마치 악동처럼 학교는 놀이터였고
이 글을 쓰면서도 내 가슴은 통한으로 가득 차 있다
그 옛날 함께 어울려 다니며
그토록 노래 잘하고 말 잘하며
말씨와 행동이 그토록 유쾌하던
매력적이고 상냥한 친구들 지금은 어디에 있는가?
세월의 흐름에 몇몇은 죽어 그 이름만 남고
이제 아무 흔적도 없다
천국의 안식이 그들과 함께하기를
그리고 살아있는 자에게는 신의 안녕이 있기를 염원한다
또 몇 명은 다행히도 나라의 공직자가 되기도 하였으나
다른 몇 친구들은 헐벗고 걸식하며
거리에서 창 너머로 음식을 구경할 뿐이고
그 누군가는 수도원에 들어가 은둔생활하고 있으니
이것이 나태한 인간들의 모습이 아닌가.

신곡

| 단테 |

인생의 나그넷길 반 고비, 바른길에서 벗어났던 내가
눈 떴을 때는 컴컴한 숲속에 있었다
그 가혹하고 황량하며 준엄한 숲이
어떤 것이었는지 입에 담기조차 역겹고
생각하기만 해도 몸서리쳐진다
그 괴로움이란 정말 죽을 정도였다
그러나 거기서 얻게 된 행운을 말하기 위해
목격한 서너 가지 일을 우선 말해야 하리라
어떤 경로로 그곳에 이르게 되었는지
멋지게 말할 수가 없다
그 무렵 나는 제정신이 아니었고
그래서 바른길을 버린 것이다
숲속에서 내 마음은 두려움에 떨고 있었으나
그 골짜기가 다한 곳, 나는 언덕 산자락에 이르렀다
눈을 들어보니 언덕의 능선이
이미 새벽빛에 환히 트여 있는 것이 보였는데
그것은 온갖 길을 통하여 만인을 올바르게 이끄는
태양 빛이었다.

황혼

| 빅토르 위고 |

황혼이다
나는 처마 밑에 앉아 마지막 노동에 빛나는
하루의 끝을 바라본다.

밤에 비 뿌린 대지에
누더기를 입은 초라한 노인이
미래에 수확할 것들을 밭이랑에 뿌리는 모습을
바라보고 있다.

노인의 그늘진 그림자가
저 먼 들판까지 차지하고 있다
그가 얼마나 시간의 소중함을 절감하고 있는지
비로소 나는 알 것도 같다.

나는 내 영혼을 일곱 번 경멸하였습니다

| 칼릴 지브란 |

첫 번째는
나의 영혼이 저 높은 곳에 도달하기 위해
비굴해지는 것을 알았을 때입니다.

두 번째는
나의 영혼이 육신의 다리를 저는 사람들 앞에서
절룩거리는 것을 보았을 때입니다.

세 번째는
나의 영혼이 쉬운 것과 어려운 것 사이에서
쉬운 것을 선택하는 것을 보았을 때입니다.

네 번째는
나의 영혼이 잘못하고도
다른 사람들도 잘못하였노라고 하였을 때입니다.

다섯 번째는
유약함으로 몸을 피해 놓고는
그것이 용기에서 나온 인내인 것처럼 꾸밀 때입니다.

여섯 번째는
바로 그 얼굴이 가면 중 하나라는 사실을 모르는 채
어떤 사람의 얼굴이 추하다고 경멸했을 때입니다.

그리고 마지막 일곱 번째는
나의 영혼이 아부의 노래를 부르고
그것을 덕德이라고 여길 때입니다.

그대가 늙은 후에

| 예이츠 |

그대 늙어 머리가 백발 되고
잠에 겨워 난로 옆에서 졸음 오면
이 책을 꺼내 천천히 읽어보게
그리고 한때 그대의 눈에 간직한
부드러운 눈빛과 깊은 그늘을 꿈꾸어 보게.

그대의 기쁨에 찬 희망의 순간들을
얼마나 사랑했으며, 잘못된 혹은 참된 사랑으로
그대의 아름다움을 깊이 사랑했는지를
그러나 어떤 친구는 그대의 구름 같은 방랑벽을 사랑했고
그대 너무나 변한 얼굴의 고뇌를 사랑했음을.

그리고 붉게 타는 난롯가에서
몸을 굽히고 조금은 슬프게 속삭이듯 말하리
홀로 산 걷기를 너무나 좋아하고
격정에 얼굴을 별빛 속에 감췄다고.

노인의 손

| 헤르만 헤세 |

무거운 발걸음으로 긴 밤길 걷는 노인은 지쳐
기다리고 엿듣고 주위를 살핀다
그 앞에 그의 손이 빳빳하고 무딘 왼손이, 오른손이
지친 충복이 얹혀 있다
그리고 그는 나직이 웃는다, 손을 깨우지 않으려고.

그 손은 많은 사람의 것보다도 즐겁게 일을 해내었다
아직도 힘에 넘쳐 있었을 때는 해야 할 일이 많을 것인데도
이 착실한 반려자는 안식과 함께
흙이 되고자 한다
손은 충복인데도 지치고 말라가고 있다.

노인은 자기의 손을 보고
그러나 깨우지 않으려 나직이 웃는다
긴 인생의 행로도 이제는 짧게 느껴지나 밤의 길은 멀다
그리고 어린 시절의 손이, 젊었을 때의 손이
어른이었을 때의 손이
이 밤에, 이 마지막 밤에는 이렇게 보이는구나.

종말

| 헤르만 헤세 |

많은 환락으로 나를 유혹하던 불빛이
갑자기 하늘거리며 꺼진다
굳어버린 손가락 마디에서 관절이 삐걱거린다
황야의 이리, 나는 어느덧 황야에 다시 모습을 나타낸다
행복도 없이 끝나버린 위안의 파편 위에
침을 뱉고
짐을 꾸려 황야로 돌아간다
이제는 죽어야 할 시간이 다가오고 있다
잘 있거라, 흥겨운 상형세계象形世界여
가면무도회여, 너무나 사랑스러운 계집들이여
시끄럽게 펼쳐지는 커튼 뒤에
낯익은 무서운 것이 기다리고 있다
적을 향해 서서히 나아간다
고통의 줄이 점점 나를 졸라맨다
두려운 심장은 가쁘게 고동치며
기다린다. 죽음이 오는 것을 기다리고 있다.

밤의 찬가

| 폐기 |

밤이여, 너는 거룩하다
밤이여, 너는 위대하다
밤이여, 너는 아름답다
커다란 외투 걸친 밤
나는 너를 사랑한다
나는 너를 찬양한다
너는 나의 창조물.

노인과 세 청년

| 라퐁텐 |

여든 살의 노인이 나무를 심었다
"집을 짓는다면 몰라도 그 나이에 나무를 심다니."
세 청년이 말했다
정말 노인은 망령이 들어있었다
"그렇다면 너희들이 해보면 어떨까?
과연 수고의 열매를 너희들이 거둘 수 있을까?
족장만큼이나 너희들이 늙어야 할 텐데
인생은 너희들 것도 아닌 앞날에 대한 걱정으로
채워 보았자, 무슨 소용 있을까?
이제부터는 지난날의 잘못만 생각하지 말라.
그 오랜 희망과 막연한 생각을 거침없이 버려라.
이것은 우리에게 해당하는 게 아니지."
노인은 다시 나무 심기를 계속했다.
"운명의 여신은 창백한 손으로 너와
나의 앞날을 똑같이 가지고 놀지.
우리의 종말은 짧다는 것도 비슷해.

우리 중 그 누가 맨 마지막으로 창공의
광명을 즐길까?
단 일 초라도 너희 것이라고 보장해 줄 순간이 있을까?
언제인가, 내 자손들이 즐길 이 나무 그늘은
내 덕이지.
이제 나는 너희들 무덤 위에 비치는 새벽빛을
셀 수 있어."
노인의 말은 옳았다. 세 청년 중 하나는
아메리카로 가다가 항구에서 익사했고
다른 한 명은 공화국 군대에 입대했으나
예기치 못한 사고로 죽었다
세 번째 청년은 그 자신이 접목하려던
나무에서 떨어져 죽었다
그래서 노인은 눈물 흘리며 대리석에 새겨 놓았다
지금의 이 이야기를.

어둠이 내릴 무렵

| 헤르만 헤세 |

저녁이 오면, 사랑하는 사람끼리
한가롭게 산책 나선다
여자들은 머리 풀고
상인들은 돈을 세며
시민들은 근심에 찬 표정으로
석간에서 새로운 소식 읽고
아기들은 작은 주먹 쥐고
배가 부른 나머지 잠에 빠진다
저마다 한 가지씩 참된 일을 하고
충실한 의무에 따른다
시민도, 아기도, 연인들도
그런데 왜 나는 그렇지 못할까.

하지만, 내가 생활의 노예가 되어서
하는 나의 밤 작업도
정신세계에서 제외될 수는 없다

그것에도 의의는 있다
그래도 나는 여기저기를 거닐며
마음속으로 춤추고
사랑하였으나 무시당하고
한 번의 키스도 얻지 못한 채
늦은 시간 집으로 돌아온다
창백한 하늘에는 서럽게
오리온성좌가 땅으로 기울어진다
집에서는 흐린 불빛과 침대가 나를 맞아들인다
배반당한 아픔으로 외롭게 누워
무거운 욕망에 끌려다니며, 헛되이
잠과 꿈과 위안을 찾는다
낭비한 생활을 깊이 서러워하며
추억의 구덩이를 파헤친다
하여, 삶의 다음에 죽음이 찾아온다는
단 하나의 위안이 있음을 안다.

아우슈비츠 7월의 밤

| 섹스턴 |

갈고리처럼 새까맣게 타오르는 분노가
내 마음을 사로잡는다
하루의 일과처럼 나치 병사가
아침 8시에 한 명의 갓난아이를
프라이팬에 식사를 위해서 요리했다.

죽음의 사자는 무심한 눈빛으로 바라보며
손톱의 때를 사정없이 파내고 있다.

인간이란 용서받을 수 없는 죄악 그 자체다
그렇게 나는 큰소리로 외칠 것이다
인간이란 불태워 버려지는 한 송이 꽃과 같은 존재이다
그렇게 나는 큰소리로 외칠 것이다.

죽음의 사자는 무심한 눈빛으로 바라보며
밑구멍을 용서 없이 긁고 있다.

작은 분홍빛 발가락과
너무나 자유스러운 손가락을 가진 인간은
사원이 아니라 창고와 같다
그렇게 나는 큰소리로 외칠 것이다.

인간에게는 더 이상 찻잔을 들게 해서는 안 된다
인간에게는 더 이상 책을 쓰게 해서는 안 된다
인간에게는 더 이상 신발을 신게 해서는 안 된다
반드시 나는 큰소리로 외칠 것이다.

밤에게 주는 시

| 미켈란젤로 |

오, 즐거운 밤의 시간이여! 어둡지만
모든 일이 끝나자, 평화를 가져다준다
그대를 예찬하는 자는, 세상을 잘 이해하는 사람
그대를 받드는 자는 예지를 지닌 사람이다.

그대에게는 습기에 젖은 그늘과 고요함이 깃들어 있다
피곤한 생각을 끝내고 꿈속에서지만
때때로 이 고통스러운 지상에서 우리가
가고 싶어 하는 높은 하늘로 안내해준다.

오, 영혼과 마음에 분노가 되는
그 모든 것을 거부하여 이를 저지하는 죽음의 그늘이여
그대는 괴로움에 몸부림치는 자의 최후의
위안이 될 것이다.

우리의 병든 육체를 깨끗이 치유해주고
눈물을 씻어주며, 참된 생활을 하는 이에게서
분노와 슬픔을 제거해 줄 것이다.

잠들기 전에

| 프루텐티우스 |

하루의 노동이 끝나자
다시 고요가 밀려온다
피곤한 사람들의 육체를
풀어주는 따뜻한 잠 속으로 인도한다.

고뇌는 마음을 방황하게 하고
슬픔은 정신을 사로잡는다
마침내는 망각의 잔을 들고
구원받는다.

고요한 레테 강물은
지금도 혈관 사이로 소리 없이 흐르고
사람들은 더 이상
고통의 의미를 기억하지 못한다.

이제 피곤한 육체는
깊은 잠 속에서 휴식을 취하게 하시고
마음은 그 잠 속에서
그리스도를 기억하게 하소서.

잠드는 시간

| 앙드레 지드 |

언덕들이 모여서 쉬고 있는 고원지대
날마다 낮이 숨을 죽이는 석양
배들이 밀려드는 바닷가
우리의 사랑이 잠자러 오는 밤
밤은 넓은 항만처럼 우리에게로 오리라
한낮의 지친 상념도, 광선도, 우울한 새들까지
거리에 모두 모여 쉬리라
어두운 그늘의 표정, 고요해지는 수림 속
목장의 잔잔한 물, 수풀 우거진 샘
그리고 기나긴 여행에서 돌아오는 귀향
반짝거리는 해변의 작은 반란
정박해 있는 낯선 배들
우리는 보리라, 가라앉은 물결 위에
방랑하던 닻을 내린 배가 잠들어 있는 풍경을
우리에게로 온 밤이
정적과 우정의 넓은 항만을 펼쳐 놓는 노력을
이제는 바야흐로
모든 것이 잠드는 시간이다.

천 개의 눈을 가진 밤

| 프란시스 W. 버딜론 |

밤은 천 개의 눈을 가졌지만
낮은 단 하나뿐이다
그러나 밝은 세상의 빛은 사라진다
저무는 태양과 함께.

마음은 천 개의 눈을 가졌지만
가슴은 단 하나뿐이다
그러나 한평생의 빛은 사라진다
사랑이 끝나는 순간이 되면.

산촌의 밤

| 두보 |

여린 풀 산들바람
쌀쌀한 강기슭에
돛단배로 홀로 남아
어둠 밤을 지새운다.

별들이 들에 내려
별 밭을 일구고
달님도 따라 내려
강물 위에 출렁인다.

글줄이나 썼다고 하여
이름 하나 얻었을까
늙고 병든 때라
벼슬도 던져야 했다.

정처 없이 떠돌 때면
누구를 닮았을까
아스라한 하늘 아래
갈매기 한 마리.

국화 핀 남녘 타향
사람은 앓아눕고
편지도 없는 북녘
기러기도 무심하다.

처마 밑에 기대서면
견우직녀 반겨주고
은하수는 저 너머
서울까지 번져 있다.

밤에 익숙해지며

| 프로스트 |

나는 어느새 밤에 익숙해지게 되었다
빗속을 홀로 거닐다 빗속에서 되돌아왔다
거리 끝 불빛 없는 곳까지 거닐다 왔다.

쓸쓸한 느낌이 드는 거리를 바라보았다
순시하는 야경이 곁을 스쳐 지나쳐도
얼굴은 숙이고 모르는 척했다.

잠시 멈추어 서서 발소리를 죽이고
멀리서부터 들려와 다른 길거리를 통해
집들을 건너서 그 어떤 소리가 들렸으나

그것은 나를 부르기 위해서도 아니요, 이별을
알리기 위해서도 아니었다
오직 멀리 이 세상 것이 아닌 것처럼 높다란 곳에
빛나는 큰 시계가 하늘에 걸려 있어
지금 시대가 나쁘지도 또 좋지도 않다고 알려주고 있었다
나는 어느새 밤에 익숙해지게 되었다.

죽음과의 만남

| 톨스토이 |

죽음의 신이 높이 앉아 눈에 보이지 않는
가는 줄 생生으로부터 사정없이 우리를 낚아 올린다
현명하게 노력을 해도 어쩔 수가 없다
죽음의 신은 집요하고, 그의 미끼는 마법처럼 유혹한다
사신死神의 낚싯바늘 삼킨 자는 모래밭이나 수렁 속에서
온갖 방법으로 시험당할지 모른다
그러나 사신이 앉아 있는 곳은 인간들 가운데 있으며
만일 줄이 끊어져도 우리는 살 수가 없다
당신은 어떻게 죽으며
어떻게 죽음 속에 머무를 수 있는지를 모른다.

'도대체 나는 어디로 가는 것일까요?'

어느 친구의 죽음을 듣고

| 헤르만 헤세 |

무상한 것은 빨리 시든다
메마른 세월은 빨리 흘러가 버린다
영원하다고 보이던 별도 비웃듯 반짝인다.

우리들의 마음속에 있는 영혼만이
비웃지 않고 괴로워하지도 않고
태연히 이 세상의 연극을 바라볼 뿐이다
그에게는 무상도 영원도
모두가 같은 것이다.

그러나 마음은, 시드는 꽃은
이것을 거부하고 사랑에 타오르며
끝없는 죽음의 부르짖음에
끝없는 사랑의 부르짖음에
몸을 바친다.

죽음의 기쁨

| 보들레르 |

달팽이가 기어 다니는 진흙땅에
내 손수 깊은 구덩이를 팔 것이다
거기에 내 늙은 뼈를 묻어
바다 상어처럼 망각 속에서 안식을 얻을 것이다.

나는 유서를 멀리하고 무덤을 저주한다
죽어 남의 눈물을 바라느니
차라리 살아있는 몸으로 들판의 까마귀를 불러
내 뼈마디를 쪼아먹게 할 것이다.

오! 눈도 귀도 없는 어둠의 벗
부정한 아들, 방탕의 철학자
불량배의 사자에게 기뻐할 주검을 다오.

내 송장에 파고들어
죽음 속에, 썩은 살 속에서
구더기여, 물어라. 아직 고통이 남아있는가 하고.

죽는 기술

| 임마누엘 |

나는 핏속에 빗방울의 냄새를 가졌다
밤의 피부로부터 풍겨 오는 냄새를
썩어가는 내 두 발에 머무는 그늘을 따라
살아서 나는 흙 속으로 돌아간다
그리고 물에 부풀어진 나뭇잎처럼
영혼까지 말랑거린다
나는 사랑한다, 진흙 같은 나의 죽음을.

죽음의 소네트

| 가브리엘라 미스트랄 |

인간들이 꾸며놓은 얼어붙은 틈 사이로
태양이 비치는 겸손한 대지에
나, 그대와 작별을 고하노라
인간들이 알지 못하는 풍요한 대지 위에
나는 마지막 잠을 자고 싶다
그대와 나는 같은 베개를 베고 나란히 누워야 한다.

아기를 잠재우는 자상한 어머니의 모습으로
태양이 비치는 대지에, 나 그대를 잠재우고 싶다
고통으로 잠 못 자는 아기와 같은 그대의 육체를 위하여
대지는 부드러운 요람으로 맞을 것이다.

그 뒤를 이어 나도 떠날 것이다
푸르스름한 달빛에 버리고 싶은 삶의 폐물들이 쌓여갈 때
나는 이곳에 안녕을 고할 것이다
아름다운 복수를 찬미하면서
이제는 두 번 다시 그대의 한 줌의 뼈를 탐내어
이 남모르는 깊숙한 곳에 내려오지 못할 것이다.

지옥에서 보낸 한때

| 랭보 |

지난날의 내 기억에 의하면
나의 생활은 모두 활짝 열려 있고
온갖 포도주가 넘쳐흐르는 하나의 향연이었다
어느 저녁 무렵, 나는 무릎에 미美를 앉혔다
그것 때문에 나는 심한 욕설을 퍼부었다
나는 정의를 위해 무장을 갖추었다
하지만 나는 도망쳤다
오, 마녀들이여. 비참함이여. 증오여!
너희들에게 나는 나의 소중한 보물을 맡겨 놓았다
나는 내 마음속에서
모든 인간적인 희망을 지우기에 이르렀다
목매어 죽이기 위해 모든 환락을 향하여
나는 성난 맹수처럼 소리 없이 덤벼들었다.

태양의 죽음

| 르콩트 드릴 |

가을바람은 멀리서 들려오는 바닷소리처럼
장엄한 이별과 탄식으로 가득 차 있고
거리를 따라 너의 피로 붉게 물이 든
웅장한 건물들을 흐느끼듯 흔들고 있다.
오, 태양이여!

마른 나뭇잎은 소용돌이치면서 하늘로 오르고
주홍빛으로 흔들리는 것이 보인다
잠의 건너편 저녁이 가까울 무렵
빈곤한 나뭇가지 끝에 보랏빛 둥지들이 빛난다.

멀어져라, 영광의 별, 빛의 고향 태양이여!
황금 천으로 치장한 영광은 상처로 받은 훈장과 같은 것
힘찬 가슴에서 가장 깊은 사랑이 넘치듯
죽어라, 너는 부활하리라
마지막으로 부서진 이 가슴에
새 생명과 불꽃과 목소리를 들려줄 자 누구인가?
오, 태양이여!

죽은 후에

| 로제티 |

커튼이 반쯤 드리워져 있고 거실은 청결한데
내가 누운 자리 주위에
풀과 로즈메리가 흩어져 있다.

창가에는 담쟁이넝쿨이 뻗어 있다
그가 내게로 와서 몸을 굽힌다. 내가 깊은 잠에 빠져 있어
그가 온 소리를 듣지 못했으리라고 믿는 모양이다.

불쌍한 사람이라고 그가 말한다
그가 뒤돌아서고, 깊은 침묵이 찾아오자
나는 그가 울고 있음을 안다.

그는 내 수위를 만지거나 잡지 않는다
내가 살아있을 때, 그는 나를 사랑하지 않았다
죽고 난 후에야 슬픔에 잠긴다.

이제 내 몸은 싸늘하지만
그의 체온이 여전히 따뜻함은 얼마나 기쁜 일인가.

누가 문을 두드린다

| 지크 프레베르 |

밖에 누구일까?
아무도 아니겠지
나 때문에 마구 두근거리는 내 가슴일 뿐이야
하지만 밖에 있는
작은 청동의 손잡이는
꼼짝하지 않고 있어
털끝만큼도 움직이지 않고 있지
그런데 누가 문을 두드리는 걸까.

진혼곡

| 스티븐슨 |

별빛 빛나는 넓은 하늘 아래
무덤을 파고 그곳에 나를 편안히 눕혀다오
즐겁게 한세상 살았고 즐겁게 삶을 끝내니
즐거운 마음으로 이 몸을 눕히노라.

묘비에는 이렇게 써 주기를 바란다
오랫동안 바라던 곳에 지금 누워있으니
바다에 갔던 뱃사람이 집으로 돌아오다
산으로 갔던 사냥꾼이 집으로 돌아오다.

어느 개의 묘비명

| 바이런 |

이곳에 어느 개의 유해가 묻혀 있다
그 개는 아름다움을 가졌으나 허영심이 없고
힘을 가졌으나 거만하지 않고
용기를 가졌으나 잔인하지 않고
인간의 모든 덕목을 가졌으나 그 악덕은 갖지 않았다
이러한 칭찬이 인간의 유해 위에 새겨진다면
의미 없는 아부가 되겠지만
이 개의 영전에 바치는 말이라면 찬사가 될 것이다.

구세주

| 헤세 |

끊임없이 인간으로 태어나
신앙심 깊은 귀, 귀머거리 귀에도 말씀하시고
우리 곁으로 오셨다가는 다시 사라진다.

외로이 끊임없이 높이 솟아 계시고
모든 형제의 괴로움과 고통을 짊어지셔야만 한다
그리하여 끊임없이 십자가에 못 박히실 것이다.

끊임없이 오늘도
구세주는 사람들 사이를 거니신다
축복을 내리시기 위하여.

우리들의 불안과 눈물, 물음과 한탄을
고요한 눈길로 맞아주시기 위하여
그러나 우리는 대답하지 못한다
어린아이의 천진스러운 눈만이 그 눈길을 견뎌낼 뿐이다.

'함'

| 실버스타인 |

우리가 만나 '안녕' 하면
인사함이요.
기분이 어떠냐고 물으면
고려함이요.
우리가 잠시 머물며 이야기를 주고받으면
대화함이요
우리가 서로서로 이해하면
통합이요
우리가 따지고 고함치고 삿대질하면
말다툼함이요
나중에 서로 사과하면
화해함이요
우리가 서로 도우면
협동함인데
이 모든 힘이 다 보태져서
훌륭함을 이룬다.

엽서

| 아폴리네르 |

군용 천막 속에서
너에게 이 글을 쓴다
여름날은 이미 기울고
아스라한 하늘 속에
황홀한 개화開化
작렬하는 포격이
피기도 전에 시든다.

한 장의 그림

| 헤르만 헤세 |

가을의 찬바람이 시든 갈대밭을 스산하게 불어간다
갈댓잎은 밤사이에 회색이 되었다
까마귀는 버드나무를 떠나 육지로 날아간다.

호수에서는 한 노인이 외로이 서서 쉬고 있다
머리에 바람과 밤이 다가오는 것을 눈으로 느끼고
그늘진 호수에서 밝은 하늘을 바라본다.

거기 구름과 호수 사이에
한줄기 물가의 육지가 햇빛 속에서 따뜻하게 빛나고 있다
꿈과 시처럼 행복에 찬 금빛 호수가.

노인은 빛나는 이 풍경을 똑똑히 눈 속에 간직하고
고향을, 지난 행복한 세월을 생각한다
그리고 황금빛 태양이 기운 잃고 사라지는 것을 바라보며
머리를 돌려 버드나무를 떠나서 천천히 육지로 걸어간다.

저녁 별빛

| 사포 |

저녁 별빛은
눈부신 아침 빛이
사방에 흩어놓은 것을
제자리로 불러들인다
양들을 불러들이고
염소를 불러들이고
귀여운 아기를
엄마 품에 불러들인다.

단편

| 사포 |

별빛은 무수히 반짝여도
달빛 둘레에서는
빛나는
자기 모습을 감춘다
보름밤
은빛이
온 세상을
환하게 비출 때까지.

화해

| 파운드 |

월트 휘트먼이여!
나는 당신과 화해하고 싶습니다
너무나 오랜 세월 동안 당신을 싫어했습니다
마치 이해심이 부족한 아버지를 가진 아들처럼
나는 당신 곁으로 돌아갑니다
이제는 부끄럽지 않게 성장했으니 좋은 벗 될 수 있습니다
황폐한 숲을 개척한 것은 당신이었습니다
지금은 새로운 나무를 가꾸어야 할 때
당신과 나는 수액과 뿌리의 관계입니다
우리 둘이 화해하는 것이 어떻겠습니까.

정월

| 아폴리네르 |

비눗방울 안에 정원은 들어갈 수 없다
그 갓을 뱅뱅 돌고만 있다.

선술집

| 빈센트 밀레이 |

높은 언덕 꼭대기에서
작은 선술집을 하고 싶다.
그곳에서 회색 눈을 가진 모든
사람들이 앉아서 편히 쉴 수 있도록.

그곳에는 먹을 것들이 충분히 준비되어 있고
마실 것들이 있어, 어쩌다 그 언덕으로
올라오는 모든 회색 눈의 사람들의
추위를 녹여 줄 것이다.

거기서 나그네는 깊은 잠에 빠져
그의 여행의 끝을 꿈꿀 것이다
그러나 나는 한밤중까지 잠 못 이루고
사그라지는 불을 보살필 것이다.

바다 저 멀리

| 오바넬 |

바다 저 멀리 있는 나라로
언제나 내 꿈길은 열려 있다
밤마다 꿈마다 찾아 나서는 곳
그리움을 향해 나는 달려간다
바다 저 멀리 있는 나라로.

사막

| 오르텅스 블루 |

사막에서 그는
너무도 외로워
때로는 뒷걸음으로 걸었다
자기 앞에 찍힌 발자국을 보려고.

누가 바람을 보았을까

| 로제티 |

누가 바람을 보았을까
너도나도 보지 못했다

하지만 작은 나뭇잎이 흔들릴 때
어느새 바람은 그사이를 지나갔다

누가 바람을 보았을까
너도나도 보지 못했다

하지만 나무들이 하나둘 머리를 숙일 때
바람은 그사이를 지나갔다.

내가 좋아하는 '천사의 양식'

| 라이스 |

한 잔의 친절에
사랑을 잘 섞어
하늘의 신에 대한 믿음과
좀 더 많은 인내를 첨가하고
기쁨과 감사와 격려를
넉넉하게 뿌립니다
그러면 일 년 내내 포식할
천사의 양식이 됩니다.

가난한 자와 함께

| 러셀 로웰 |

나는 그들이 가는 곳을 따라갔다
그곳은 낡은 오막살이였는데
비와 바람 막을 아무것도 없었다
하지만 거기에
내가 찾고 있던 그리스도가 미소 띠고 서 있었다
굶주린 소년이 맨발로
그의 주위에서 놀고 있었고
초라한 노예가 지친 얼굴을 들어
자기 마음을 다듬어준 그리스도의 미소에
마주 웃음 짓고 있었다
나는 내 눈으로 똑똑히 보았다
그곳에 낡고 가난한 오막살이는 없었다
나뒹구는 나무토막은 장작더미로 쌓여 있고
한 덩어리 빵조각은 어느새 많은 사람이 먹을
음식으로 차려졌다
나는 눈물을 흘렸다
나는 나의 그리스도를 찾을 수 없었다
왜냐하면 그는 가난한 자와 함께 있기 때문이다.

거지가 준 적선

| 미하일 레드몬토프 |

거리를 걷노라니 늙은 거지가 나를 붙들었다
눈물 어린 충혈된 두 눈, 창백한 입술
털이 헝클어진 낡은 누더기, 불결한 상처
아아
가난이 불행한 인간을 이토록 보기 흉하게 파먹는구나
그는 빨갛게 부푼 더러운 손을 나에게 내밀었다
신음하듯 끙끙 앓는 소리로 도움을 청하는 것이었다
나는 부랴부랴 호주머니를 모조리 뒤지기 시작했다
지갑이 없다. 시계도 없다. 손수건마저 없다
마침 나에겐 아무것도 가진 게 없었다
그러나 거지는 마냥 기다리기만 하였다
내민 손은 힘없이 부르르 떨었다
어찌할 바를 몰라, 나는 그 더러운 손을 덥석 잡았다
"미안하오, 형제. 난 아무것도 가진 게 없구려."
거지는 충혈된 눈으로 나를 뚫어지게 보았다

그의 창백한 입술에서는 웃음이 감돌기 시작했다
그리고 그는 나의 차가운 손을 꼬옥 쥐었다
"뭐, 괜찮아요. 나리…."
하고 속삭였다
"이것만으로도 고마운 일이죠."
나는 비로소 깨달았다
이 거지 형제에게서 내가 적선 받았다는 사실을.

걸인의 노래

| 릴케 |

언제나 문간에서 문간으로 걸어갑니다
비 맞고 햇볕에 그을리고
이따금 바른편 귀를
바른편 팔에 대어봅니다
그러면 내 목소리와 마주치는데
한 번도 알지 못했던 소리입니다.

지금 누가 걷고 있는지를 잘 모릅니다
나인가, 혹은 그 누구인가를
나는 구차한 것을 위해 외치고 있지만
시인은 더 많은 것을 위해 외치고 있습니다.

그리고는 마침내 두 눈으로
나의 얼굴을 바라봅니다
그러면 그것은 마치 내 손에 무겁게 들어있는 듯
휴식인 듯 그렇게 보입니다.

화살의 노래

| 롱펠로 |

나는 공중을 향해 화살을 쏘았으나
화살은 땅에 떨어져 간 곳이 없었다
재빨리 날아가는 화살의 자취
누가 그 빠름을 뒤따를 수 있다는 말인가.

나는 공중을 향해 노래를 불렀으나
노래는 땅에 떨어져 간 곳이 없었다
그 누가 날카롭고 강한 눈이 있어
날아가는 그 노래를 따를 것인가.

세월이 흐른 뒤 참나무 밑동에
그 화살은 성한 채 꽂혀 있었고
그 노래는 처음에서 끝 구절까지
친구의 가슴속에 숨어 있었다.

어린이

| 메리 램 |

어린이는 때때로 놀이 상대가 된다
그 귀여운 장난은 놀이로 우리에게
한때, 아니면 그 이상을 즐겁게 한다
그러나 싫증이 나면 쉽게 버린다.

하지만, 나는 어느 어린이를 잘 알고 있는데
그 아이는 일 년 내내 사람들 주위에서 맴돌며
어른들의 괴로움과 슬픔을 거두어 준다
웃음에 잠긴 마음으로부터.

사랑스러운 품에 안겨서 노는 너희들
때로는 무릎에 기어오르는 귀여운 너희들
너희들의 온갖 재롱이 끝날 때는
생명을 비롯한 모든 것이 끊어질 것이다.

어린이를 위한 기도

| 그리스의 시 |

귀여운 카리테스는
엄마의 곁을 떠나서
혼자서 외로운 길을 떠났다
어둠의 나라를 향해
아스포델|저승에 피는 꽃| 꽃 피는
정원이 있다고 하지만
아이의 걸음마를
부디 부축해 지켜주소서.

소년의 노래

| 호그 |

맑고 깊은 강물이 흐르는 기슭
회색 송어가 잠자는 곳
그 강물 위의 초록빛 풀밭
거기가 바로 친구 빌리와 내가 놀던 곳이다.

지금은 작은 티티새가 울고
산사나무에 아름다운 꽃이 피는
새끼 새들이 이리저리 날고 있는
거기가 바로 친구 빌리와 내가 놀던 곳이다.

잡풀로 우거진 강둑에는 개암나무가 자라고
나무 그늘이 어둑어둑 그늘져 있고
구슬 같은 열매를 바람에 떨구는
거기가 바로 친구 빌리와 내가 놀던 곳이다

왜 남자애들은 여자애들을 따돌리고
자기들끼리 어울려 놀면서
마지막에는 싸움질로 헤어지는지
지금도 그 이유를 알지 못한다.

하지만 목장 안과 건초더미 사이에서
해가 질 때까지 놀기를 일삼던 것을 기억한다
그 강물 위의 초록빛 풀밭
거기가 바로 친구 빌리와 내가 놀던 곳이다.

흑인 소녀

| 블레이크 |

어머니는 남쪽 지방 나라 황야에서 나를 낳았다
그래서 나는 까맣다. 하지만 내 영혼은 하얗다
영국 어린이는 천사와 같이 하얗다
하지만 나는 까맣다. 마치 빛을 본 일이 없는 것처럼.

어머니는 나무 그늘에서 말해 주었다
서늘한 때에 자리에 앉자
나를 무릎에 올려놓고 입 맞추며
동쪽을 가리키면서 말씀하셨다.

"떠오르는 태양을 보렴. 저기에 하나님이 계신다.
하나님은 빛을 주시고 그와 함께 온기를 주신다.
그래서 꽃도 나무도 짐승도 인간도 모두
아침에는 위안을, 낮에는 기쁨을 느낄 수 있지.

우리는 땅 위에서 아주 짧은 기간만 산단다.
사랑의 빛을 견딜 수 있게 말이다.
이 새까만 몸뚱이, 햇볕에 탄 얼굴은
구름이란다. 그림자를 만드는 숲과 같은 것.

왜냐하면 우리의 혼이 더위에 견딜 수 있게 되었을 적에
구름은 사라지기 때문이지.
그리고 하나님의 목소리가 들려온다.
'숲속에서 나오너라, 귀여운 꼬마야.
나의 금빛 텐트 주위에서 어린 양처럼 놀아라.' "

어머니는 이렇게 말하며 나에게 키스했다
그렇기에 나는 영국 어린이에게 이렇게 말하지
"나는 검은 구름에서, 너는 흰 구름에서 빠져나와
하나님의 텐트 주위에서 어린 양처럼 기뻐할 때

나는 네가 더위를 피할 수 있는 그림자가 되어
하나님 무릎에 기대어 즐겁게 놀 수 있게 하마.
그리고 나는 일어서서 네 노란 머리칼을 만지며
나도 너도 다를 것은 없다. 나는 너를 사랑하니까."

우리는 일곱 명

| 워즈워스 |

천진난만한 어린이
가벼운 숨을 쉬며 온몸으로 생명을 느끼는 어린이
이런 어린이가 어찌 죽음에 관해 알 수 있으랴.

나는 귀여운 시골 소녀를 오솔길에서 만났다. 그 아이는 자기의 나이가 여덟 살이라고 말했다. 그 아이의 탐스러운 갈색 머리카락이 머리에서 흘러내리고 있었다.

그 아이는 순진하고 소박한 산골 아이다웠으며, 낡은 옷차림을 하고 있었으나 두 눈은 하늘빛을 담고 있어 무척 아름다웠고, 그 아름다움이 나를 기쁘게 했다.

"귀여운 꼬마 아가씨야, 네 형제는 모두 몇이나 되지?"
"그건 왜요? 모두 일곱 명이죠."
그 아이는 이상하다는 눈빛으로 나를 바라보았다.

"그럼 다들 어디 있지? 가르쳐 줄래?"
그 아이는 명랑하게 대답했다

"우리는 일곱 명이죠. 두 명은 콘웨이에서 살고 다른 두 사람은 선원이에요."

"또 다른 두 사람은 무덤에서 자고 있어요. 오빠와 여동생 말이에요. 그 무덤 옆 작은 오두막집에서 나와 어머니는 함께 살고 있어요."

"두 명은 콘웨이에 살고 있고 다른 두 명은 선원이라 했는데, 왜 일곱 명이지? 자세히 말해봐. 귀여운 아가씨야, 그게 대체 무슨 말이지?"

그러자 천진스러운 그 아이는 대답했다
"남자애와 여자애 모두 합쳐 일곱 명이지요. 지금 둘은 교회 무덤에서 자고 있어요. 교회 무덤 나무 아래서 말이에요."

"이봐요, 귀여운 아가씨, 그 말이 이상하지 않니? 너는 손발을 움직이며 살고 있으나 두 명은 무덤에서 자고 있으니. 그렇다면 나머지는 다섯이 아니냐?"

"두 명의 무덤은 초록빛이에요. 여기서도 보이죠."

이렇게 귀여운 그 아이는 말하며

"집에서 열두 발걸음 떨어진 곳에 두 명이 나란히 누워 자고 있어요. 나는 거기서 양말을 뜨개질하거나 손수건 장식을 달곤 하지요. 어떤 때는 무덤 풀밭에 앉아서 두 명에게 노래를 불러 주지요.

그리고 해가 지면, 아직 바깥이 어둡지 않으면, 날씨가 맑을 때면, 나는 접시에 밥을 담아 가지고 가서 그곳에서 저녁을 먹지요.

처음에 죽은 것은 여동생 제인이에요. 침대에서 신음을 내고 있었어요. 하나님이 아픔을 낫게 할 때까지 말입니다. 그리고 제인은 떠났어요.

그래서 제인은 무덤에서 자게 되었지요. 그리고 풀이 없던 때에도 우리는 무덤 주위에서 놀았지요. 나와 존 오빠하고 말이에요.

땅바닥이 내린 눈으로 하얗게 덮였을 때, 나는 썰매 타고 미끄럼을 탈 수 있었으나, 존 오빠도 가야만 하게 되어 지금 누이동생 옆에서 잠자고 있는 거예요."

"그렇다면 너희는 몇 명이지? 두 명은 천국에 있다고 치고 말이다."

하고 나는 말했다. 그러자 아이는 재빠르게 대답했다
"상관없어요. 우리는 일곱 명이에요."

"두 사람은 죽었단 말이다. 그들은 천국에 있는 거야."
하지만 아무리 말해도 소용없었다
그 귀여운 아이는 계속해서 말했다
"아니에요. 우리는 일곱 명이에요."

내 작은 집으로 돌아오다

| 게오르게 |

내 자식이 집으로 돌아왔습니다
머리에서는 지금도 바닷바람이 일고
걸음은 아직도 후들거리고 있습니다
겪은 세월의 두려움과 길 떠난 젊은 기쁨에.

바다의 짠물이 불꽃으로 타올라
지금도 윤기 흐르는 갈색입니다
익어가는 열매처럼
타향 별 사나운 향기와 바람에 빨리 익었나 봅니다.

그의 눈길은
내가 알지 못할 비밀로 무게를 지니고
가볍게 흐려진 눈길은
타향의 봄에서 고향의 겨울로 돌아왔기 때문입니다.

이렇게 활짝 핀
봉오리는 미지의 꽃으로 피어나고
나에게는 허락이 안 되는
그 입은 어느덧 다른 입을 찾습니다.

내 팔에 안겨
움직이지 않는 이 자식은 아득한 딴 세상에서
꽃피고 자라서
내 것인데도, 아득히 멀기만 하였습니다.

아들에게 주는 시

| 랭스턴 휴즈 |

아들아, 나는 너에게 말하고 싶다
인생은 수정으로 된 계단이 아니라는 사실을
그 계단에는 못도 떨어져 있었고 사나운 가시도 있었다
바닥에는 양탄자도 깔려 있지 않았단다.

그러나 나는 지금까지
멈추지 않고 계단을 올라왔단다
계단 중간에 도달하여
모퉁이를 돌고
때로는 전깃불도 없는 캄캄한 곳을 올라가야 했다.

아들아, 너도 뒤돌아보지 말고 계단을 오르려무나
주저앉지 말고
앞만 보고 올라가야 한다
지금은 주저앉을 때가 아니고
쓰러질 때가 아니란다.

어머니에게

| 에드거 앨런 포 |

저 하늘의 천당에서 천사들의 속삭임은
불타는 사랑의 말들, 그 속에서
어머니라는 진정 어린 말은
찾을 수 없을 만큼 소중하지요.
저는 오랫동안 그리운 이름으로
어머니 당신을 부르고 있습니다
나에게 어머니는 희망이고
나의 마음속에 기쁨 희망이고 채워 주는
나는 마음속에 당신을 앉혀 놓았습니다.

어머니의 기도

| 캐리 마이어스 |

아이들의 잘못을 이해로 용서하고
아이들의 말을 끝까지 들어주고
묻는 말에 하나하나 친절하게
대답할 수 있도록 도와주소서.

자주 꾸중을 주는 일 없도록 도와주시고
아이들이 어른이 공손히 대해 주기를 바라듯
우리가 잘못했다고 느꼈을 때
아이들에게 용서를 빌 수 있는 참된 용기를 주옵소서.

아이들의 작은 잘못에도
부끄럼을 주거나 상처 주는 말을 하지 않도록 도와주시고
아이들에게 잔소리하지 않게 도와주옵소서.

어머니에게 부치는 편지

| 예세닌 |

아직도 살아계십니까, 늙으신 어머님
저도 살아있습니다. 이제야 문안을 드립니다
당신의 작은 오두막집 위에
그 말 못 할 저녁 빛이 흐르옵기를 간구합니다.

지금 저는 편지를 읽고 있습니다
저를 생각하며 몹시 애태우고 계신다고
자주 제가 떠나던 한길로 나가곤 하신다고
변함없이 낡은 헌 웃옷을 걸치고서 말입니다.

당신께서는 저녁의 푸른 어스름 속에서
자주 똑같은 광경을 보고 계십니다
마치 누군가가 술집의 사소한 다툼으로
제 심장에 나이프를 내리꽂는 것 같은.

어머님! 아무 걱정도 하지 마세요.
그것은 괴로운 환상일 뿐입니다
당신을 뵙지 않고 죽어버릴 만큼
저는 그렇게 지독한 술꾼은 아닙니다.

예나 다름없이 철없는 저는
다만 꿈꾸고 있을 뿐입니다
끝없는 고통에서 하루빨리 벗어나
우리의 정겨운 오두막집으로 돌아갈 날만을.

이제 곧 저는 돌아가겠습니다
우리의 봄 뜰에 어린 가지들이 뻗을 때
저를 8년 전처럼
새벽에 깨우지만 마세요.

이미 사라진 저의 꿈을 일깨우지 마세요
이루지 못한 것을 되돌리려고 하지도 마세요
너무나 빠른 상실과 피로를
저는 제 삶을 통해서 겪어야 했습니다.

무엇보다도 저에게 기도하는 것을 가르치지 마세요
이제는 옛날로 돌아갈 것이 없습니다
당신만이 저에게는 도움이며, 기쁨입니다
어머니만이 저에게는 유일한 빛입니다.

그러하니 당신은 불안을 잊으세요
저로 인해 슬퍼하지 마세요
자주 한길로 나가 기다리지 마세요
예스러운 낡은 웃옷을 걸치고서 말입니다.

평화를 위한 기도

| 성 프란체스코 |

나를 당신이 원하는 도구로 사용하십시오
미움이 있는 곳에 사랑을
다툼이 있는 곳에 용서를
분열이 있는 곳에 일치를
의혹이 있는 곳에 신앙을
그릇됨이 있는 곳에 진리를
절망이 있는 곳에 희망을
어둠의 빛을 슬픔이 있는 곳에
기쁨을 가져오는 자 되게 하여 주십시오
내가 위로받기보다는 남을 위로하고
내가 이해받기보다는 남을 이해하며
내가 사랑받기보다는 남을 사랑하게 하여 주십시오
우리는 줌으로써 받고
용서함으로써 용서받으며
자기를 버리고 죽음으로써
영생을 얻게 됨을 깨닫게 하여 주십시오.

나무나 새는 미래에 대해 고민하지 않는다

| 앙드레 지드 |

앞에 보이는 황량한 길
날개를 펼치고 목욕하는 바다의 새들
내가 살아야 할 곳은 바로 여기다
내가 붙들려 있는 곳은 숲속의 나무와 잎새 그늘
떡갈나무 아래의 깊은 동굴
토굴집은 너무나 춥다. 나는 너무 지쳐 있었다
지금 골짜기는 어둡고, 언덕은 높아 하늘이 가깝고
나뭇가지의 슬픈 울타리 가시덤불 위로 찬바람이 넘는다
이곳은 즐거움이 없는 고독한 나만의 거처였다
어둠이 밤으로 내리면 비로소
모든 길|여정|의 가치와
생활에 지친 사람들의 노고를 이해하게 될 것이다
그리하여 다시 날이 밝으면
나무나 새는
미래에 대해 고민하지 않는다는 깨달음을 얻게 될 것이다.

나무꾼이여, 그 나무를 베어서는 안 된다

| 모리스 |

나무꾼이여, 그 나무를 베어서는 안 된다
그 나뭇가지에 손을 대서도 안 된다
그 나무는 지난날 어린 나를 보호해 주었다
그런 탓에 이번에는 내가 보호해야 한다
그 나무는 내 할아버지의 손으로
집 근처에 심었던 나무다
나무꾼이여, 그 나무는 그 자리에 두어야 한다
도끼나 톱으로 상처를 내서는 안 된다.

저 다정한 나무가 지닌
세월의 영광과 명성은
지금까지 널리 전해지고 있는데
그것을 잘라 쓰러뜨리려 하는가
나무꾼이여, 도끼질을 잠시 멈추어라
대지에 결부된 굴레를 끊어서는 안 된다
저 떡갈나무 고목만은
하늘을 향해 높이 솟아 있는 저 나무만은
그대로 두어라.

내가 아직 어린이였을 때
그 나무에서 고마운 그늘을 찾았고
우러나오는 기쁨에 함성에 젖어 맴돌았고
누이동생들 역시 여기서 놀았었다
어머니가 입맞춤해 준 곳도 여기며
아버지가 나의 손을 힘껏 쥐여준 곳도.

슬픔

| 뮈세 |

나는 내 힘과 삶을 잃었다
친구와 기쁨도 잃었다
나는 나를 천재라고 믿게 하는
자존심까지도 잃었다.

내가 진리를 깨달았을 때
그것이 친구라고 믿었다
내가 진리를 느꼈을 때
나는 혐오감을 느꼈다.

진리는 영원하기 마련이다
그것을 모르고 살아온 자들은
인생을 모르는 우매한 자들이다.

신은 말하기를 인간이 대답해야 한다는 것이다
세상에 남아있는 단 하나의 행복은
때로 눈물 흘리는 일이라고.

슬픔의 꽃

| 칼릴 지브란 |

가을에 나의 모든 슬픔을 긁어모아
정원에 묻었습니다
4월이 돌아오고
봄이 대지와 결혼식을 올리자
나의 정원에는
어디서도 볼 수 없는 아름다운 꽃들이 피어났습니다.

이웃들이 그 꽃을 보러 몰려들었습니다
"다시 가을이 오고 씨 뿌리는 계절이 돌아오면
이 꽃의 꽃씨들을 우리에게도 좀 나누어 주시겠습니까?
우리 정원에서도 이 꽃들을 볼 수 있도록."

고통

| 헤르만 헤세 |

고통은 우리를 쫓아내는 것
태워서 가난하게 하는 불
우리는 자신의 생명으로부터 떼어내
우리 주위에서 타오르고 고립시키는 불이다.

지혜와 사랑은 작아진다
위안과 희망은 멀어져 허무하다
고통은 허무한 마음으로 우리를 사랑한다
우리는 용해되어 고통의 포로가 된다.

지상의 모습인 자아는 불길 속에서
구부러지고, 방어하고, 저항한다
그리고 조용히 먼지 속으로 쓰러져서
죽음에 몸을 맡긴다.

그때 꼭 한번 보인 그것은

| 프로스트 |

빛을 등지고 우물가에 꿇어앉은
내 모습을 본 사람들은 비웃었다
눈에 보이는 것은 여름 하늘의 신처럼
고사리 다발을 목에 걸고 구름 밖으로 내다보는
거울 같은 수면에
내 모습이 비치기 때문이다
한번은 우물가에서 턱을 대고 내려다보았을 때
내 모습 너머로 분명하진 않지만, 하얀 것이
뭔가 깊숙이 잠긴 것이 보이는 듯했다
하지만 곧 그 모습을 놓치고 말았다
물은 너무나 맑음을 스스로 꾸짖는 듯했다
고사리에서 물 한 방울 떨어져 수면에 번지자
그 모습을 흔들어 지워버리는 것이었다
그 하얀 것은 무엇이었을까?
진리였을까?
수정 조각이었을까?
그때 꼭 한번 보인 그것은.

나는 고뇌의 표정을 사랑한다

| 디킨스 |

나는 고뇌의 표정을 사랑한다
그것이 진실임을 알기에.

사람은 불현듯 찾아오는 경련을 피하거나
고통을 흉내 낼 수 없다.

눈빛이 흐려지면 그것은 죽음의 예고이다
꾸밈없는 고뇌가
이마 위에 솟는 구슬땀을
외면할 수는 없다.

타인의 아름다움을 말해 주십시오

| 메리 헤스켈 |

타인에게서 가장 좋은 점을 찾아내어
그에게 말해 주십시오
우리 누구에게나 그것이 필요합니다
우리는 타인의 칭찬 속에 자라왔습니다
그리고 그것이 우리를 더욱 겸손하게 만들었습니다.

사람은 누구나 근본적으로 위대하고 훌륭합니다
아무리 누구를 칭찬한다고 해도 지나침은 없습니다
타인 속에 있는 위대함과 아름다움을
발견하는 눈을 기르십시오
그리고 아름다움을 찾아내는 대로
그에게 말해 줄 힘을 기르십시오.

맑고 향기롭게

| 수파니파타 |

눈을 조심하여 남의 잘못을 보지 말고
맑고 아름다운 것만을 보라
입을 조심하여, 해서는 안 될 말을 하지 말고
착한 말 바른말만 하라.

나쁜 친구를 사귀지 말고
어질고 착한 이를 가까이하라
지혜로운 이를 따르고
남을 너그럽게 용서하라.

찾아오는 것을 막지 말고
가는 것을 잡지 말라
남을 해치면 그것이 자기에게 돌아오고
세력에 의지하면 도리어 화가 따르는 법이다.

거두어들이지 않은 것

| 프로스트 |

담장 너머로 알 수 없는
익은 냄새가 물씬 풍겨 와
늘 다니던 낯익은 길을 버리고
발길을 더디게 하는 게 무언지 찾아갔더니
사과나무 한 그루가 서 있었다
잎새 몇 개 남아있는 사과나무는
여름의 무거운 짐 다 벗어버리고
여인의 손부채처럼 가볍게 숨 쉬고 있었다
더할 수 없는 사과 풍년이 들어
땅 위에는 온통 떨어진 사과들로
빨간 둘레를 이루고 있었다
모두 거두어들이지 않고
얼마만큼은 남겨두는 것도 좋겠다
정해진 계획 밖에도 많은 것이 남아있다면
사과든 뭐든 잊혀서 남겨진 게 있다면
그래서 그 향기 마시는 게 죄가 되지 않는다면.

별과 마른 풀

| 츠보이 시게지 |

별과 마른 풀이 대화하였다
조용한 한밤중
내 주위에 바람이 불고 있었다
왜 그런지 외로워져서
그들의 대화에 끼어들려 할 때
별이 하늘에서 떨어져 내려왔다
마른 풀 속을 찾아보았지만
끝내 별은 보이지 않았다.

차임에 눈을 뜨자
무거운 돌 하나
마음속에 떨어져 있었다
그때부터 날마다
나는 혼자 중얼거린다
돌은 언제 별이 될까
돌은 언제 별이 될까.

산중 대화

| 이백 |

나더러 왜
산에 사느냐기에
빙긋이 웃으며
말을 감추었다.

복사꽃 흐르는 물
아득히 뻗어간 곳
여기는 별천지
인간의 마을이 아니다.

나비가 하는 말

| 드보르자크 |

사람들은 꽃을 사랑한다고 말한다.

향기를 뽑기 위해 꽃을 대량 학살하고
향수 냄새를 뿌리면서
꽃을 사랑한다고 말한다.

사람들은 꽃병이라는 것을 만들고
꽃병에 꽂아두기 위해 싹둑 자르면서
꽃을 사랑한다고 말한다.

우리는 핀 꽃에서 벌과 만나는 일을 보지만
우리는 싸우지 않고 꽃을 사랑하는데,
사람들은 자기 혼자 가지려고 다투면서
꽃을 사랑하는 마음을 자랑한다.

사람들은 열매 맺는 일은 조금도 도와주지 않으면서
익기가 무섭게 열매를 탐한다.

꽃이 한없이 주면서 말없이 웃는 건
우리를 사랑하기 때문이다
우리는 있는 그대로 사랑하면서 열매 맺기를 도와준다.

우리는 사랑한다는 말 이상으로 말없이 사랑한다.

나비

| 후스 |

노랑나비 두 마리 하늘을 좇다가
한 마리는 웬일인지 오르지 않고
총총히 가던 길을 돌아서 온다
남은 나비 한 마리 구름을 뚫고
외로운 하늘 위를 무작정 난다.

강변의 숲속에서

| 한스 카로사 |

강변의 숲속에
아침 해는 숨어 있었다
우리는 강가에서 배를 띄웠다.

아침 해는
물속으로 뛰어들어 강물 위에서
반짝이며 우리를 전송하였다.

인상印象

| 커밍스 |

시간이 별을 내쫓으면서 치솟으면 새벽이 온다
하늘의 거리로 빛이 걸어온다, 시를 뿌리며
땅 위에 촛불이 꺼지고 도시는 눈을 뜬다
입에는 노래를 눈에는 죽음을 간직하면서.

그리고 새벽이 온다
세상은 꿈을 죽이려고 나선다.

억센 사내들이 빵을 팔고 있는 거리가 보인다
그리고 짐승 같은 사람들의 얼굴이 보인다
흡족하고 잔인하고 절망하고 행복한
그러고는 낮이다.

거울 속에 가냘픈 사내가 꿈꾸는 것을 본다
꿈을 거울 속의 꿈을.

그리고 황혼이 온다. 땅 위엔
촛불이 켜지고 어둠이 온다.

사람들은 집 안에 있고
가냘픈 사람은 잠자리에 들었다.

도시는 입언저리에 죽음을, 눈에 노래를 띄우며 잠든다
시간이 내려온다, 별을 켜 들고.

하늘의 거리를 밤이 걷는다. 시를 뿌리며.

집시 셋

| 레나우 |

언제인가 집시 셋
버드나무 그늘에 있는 것을 보았다
마침 내가 탄 마차가 힘겹게
삐걱거리며 모래밭을 지날 때였다.

한 사람은 바이올린을 가지고
저녁노을 어린 빛에 감싸여
황홀한 모습으로 불과 같은
열광적인 곡을 연주하고 있었다.

다른 한 사람은 입에 파이프를 물고
연기를 퍼뜨리고 있었다
마치 이 세상에서 더 이상
자기의 행복에 도움이 되는 것은 없다는 듯.

마지막 한 사람은 기분 좋게 잠자고 있었다
그 심벌즈는 나무에 걸려 있고
바람이 불면 여린 소리를 내며
사나이 가슴에 꿈이 깃들게 한다.

세 사람 모두 몸에 걸친 옷은
낡아 헤진 데다가 때에 절어 있었다
그러나 세 사람 모두 지상의 운명을
대담하게 자유로이 비웃고 있었다.

세 사람은 세 가지 모습으로 나를 가르쳤다
인생이 어둡게 될 때
바이올린으로, 담배로, 잠으로
인생을 세 가지 방법으로 경멸하는 것을

나는 마차를 타고 가면서
집시들을 언제까지나 바라보았다
햇볕에 그을린 그 붉은 얼굴을
그리고 그 곱슬머리, 그 검은 머리카락을.

멀게 깊게 보지 못한다

| 프로스트 |

사람들은 백사장에 모여 앉아
모두 한곳을 바라본다
그들은 육지에 등을 돌리고
온종일 바다를 바라본다.

선체를 세우고
고요히 배 한 척이 지나간다
물 먹은 모래땅이 유리처럼
서 있는 갈매기를 되비친다.

육지는 더 변화가 많았을 것이다
하지만 진실이 어디 있건 간에
파도는 해안으로 밀려들고
사람들은 바다를 바라본다.

그들은 멀리 보지 못하며
깊이 보지도 못한다
하지만 그것에 구애됨이 없이
그들은 오늘도 바다를 바라본다.

참나무처럼

| A. 테니슨 |

인생을 살되
젊거나 늙거나
저 참나무같이
봄엔 찬란히 황금빛으로
여름엔 무성하지만

가을이 찾아오면
가을답게 변하여
은근한 빛을 가진
황금빛으로 다시

마침내 나뭇잎이
다 떨어진 그때
보라, 우뚝 선
줄기와 가지
적나라한 그 힘.

기러기의 삶

| 메리 올리버 |

기러기는
태어날 때부터 착할 수는 없어
긴 두 다리로 걸어 다니지 않으면 안 돼
태양과 비의 맑은 물방울들은
풍경을 가로질러 흘러가야 해
대초원들과 깊은 숲들
산과 강 너머까지
기러기들은, 맑고 푸른 공기 드높이
다시 집으로 날아가는 것이 일과이지
네가 누구이든, 얼마나 외롭게 살아야 하든지
너는 상상하는 대로 세상을 볼 수 있어
기러기들은 달콤한 목소리로 말하지
너희들이 있어야 할 곳은 이 세상
그 한가운데라고.

푸른 고양이

| 하기하라 사쿠타로 |

이 아름다운 도시를 사랑한다는 것은 좋은 일이다
이 아름다운 건축을 사랑한다는 것은 좋은 일이다
온갖 매력적인 여성을 얻기 위해
온갖 풍요한 생활을 얻기 위해
이 도시에 머물며 번화한 거리를 거니는 것은 좋은 일이다
거리를 따라 서 있는 벚나무들
거기에 수많은 참새가 지저귀고 있지 않은가
아, 이 거대한 도시의 밤에 잠잘 수 있는 것은
오직 한 마리의 푸른 고양이 그림자
슬픈 인류의 역사를 말해 주는 고양이의 그림자다
내가 항상 구원해 마지않는 행복의 푸른 그림자다
그 어떤 그림자를 찾아
진눈깨비 뿌리는 날도 나는 도쿄를 그리워했다
저기 뒷골목 담벼락에 떨며 기대어 있는
이 사람과도 같은 거지는 무엇을 꿈꾸고 있는 것일까.

이전처럼

| 지센 |

험한 골짜기 거친 벌판을
혼자 갔다 혼자 오는 이리 한 마리
한 구절 탄식도 없이 지금껏 서성이었네
소름 돋는 육성으로 목청을 닦아
하늘을 흔들고 땅도 흔들었다
하늘 땅이 학질을 앓을 때
쏴아, 찬 바람을 일며
어디로인지 지나가는
나는 한 마리 사나운 이리.

여우와 포도

| 라퐁텐 |

사람들이 허풍쟁이라고 부르는
어느 교활한 여우가
배고파 거의 죽게 되었을 때
높은 가지에 잘 익은 자줏빛으로 덮인
포도 덩굴을 보았다
손에 닿지 않았기 때문에 이렇게 말했다
"포도가 너무 파랗군. 종놈들이나 먹기에 알맞겠어."
이렇게 자기변명 말고 다른 좋은 방법이 있으랴.

취하십시오

| 보들레르 |

항상 취해 있어야 합니다
모든 게 거기에서 시작됩니다
그것만이 유일한 문제입니다
당신의 두 어깨에 힘을 빼고 당신을 땅으로 향하게 하는
절망적인 시간의 무게를 느끼지 않으려면
당신은 항상 취해 있어야 합니다.

항상 취해 있어야 합니다
모든 게 거기에서 시작됩니다
술에든, 시에든 무조건 취해 있어야 합니다
그리고 취기가 옅어지거나 사라졌을 때 물어보십시오
바람에, 물결에, 별에, 새에게
지금이 몇 시인가를.

그러면 바람, 물결, 별, 새는
당신에게 이렇게 대답할 것입니다
"이제 취할 시간입니다. 시간에 학대당하는 노예가 되지 않으려면 취하십시오, 계속 취하십시오. 술에든, 시에든, 인격에든 마음대로 말입니다."

가슴으로만 느껴라

| 헬렌 켈러 |

태양을 바라보며 힘껏 살아라
그렇지 않으면 그대의 그림자를 못 보리라.

고개 숙이지 말라. 언제나 머리를 높이 들어라
그리하여 세상을 똑바로 보라.

나는 눈과 귀와 혀를 모두 빼앗겼지만
내 영혼을 잃지 않았기에
그 모든 것을 가진 것이나 다름없다.

고통을 느껴보지 못한 사람은 진정한 즐거움을 모른다
그대가 정말 불행할 때
세상에서 그대가 해야 할 일이 있다는 것을 믿어라
그대가 다른 사람의 고통을 덜어줄 수 있는 한
삶은 헛되지 않을 것이다.

세상에서 가장 아름답고 소중한 것은
보이거나 만져지지 않는다
단지 가슴으로만 느낄 수 있다.

진실하라

| 톨스토이 |

어떤 일에서든 진실하라
진실한 것이 더 손쉬운 것이다
어떤 일이건
거짓으로 해결하는 것보다는
진실에 의해서 해결하는 편이
더 신속하게 처리된다.

남에게 하는 거짓말은
문제를 혼란하게 하고
해결을 더욱 어렵게 할 뿐이다
그러나 그것보다 더 나쁜 것은
겉으로는 진실한 체하며
자기 자신에게 거짓말을 하는 것이다.

그것은 결국
그 사람의 인생을 망치게 될 것이다.

불행한 삶엔 사랑이 머물 자리가 없어

| 앙드레 지드 |

인생에 있어서 가장 훌륭하고 아름다운 것이 무엇인지 알 수는 없지만, 그것을 정의하고 묘사하기란 쉬운 일이 아니다.

인간의 불행한 삶의 역사가 시작된 이후 진실하게 표현하고 아름다운 향기가 되기를 염원한 사랑을, 또 우리의 내부에서 행동까지 실현해야 했던 사랑을 무의미하게 말로만 표현하고 지나온 덧없는 시간의 흐름에 있었음을 깨달아야 한다.

위대한 사랑의 말은 우주 창조와 함께 오랫동안 전해져 왔다. 또 헤아릴 수 없이 많은 사랑의 노래가 불렸고 신에게 바치는 경건한 음악이 사원과 교회 등에서 지금도 끊임없이 울려 퍼지고 있다.

사랑의 이름으로 행해지지 않는 것이 어디 있겠는가? 그러나 불행한 삶에는 사랑이 머물 자리가 없다.

회상

| 헤르만 헤세 |

비탈에는 히아시스가 피어 있다
금잔화는 갈색 빗자루처럼 움츠리고 있다
솜털 같은 5월 숲이 얼마나 푸르른가를
아직도 누군가 기억하고 있을까.
지빠귀의 노래와 뻐꾸기의 울음이 어떻게 울렸는가를
오늘 누가 기억하고 있을까. 그리도 황홀하게 울리던 것이
이제는 잊혀 노래 속으로 사라졌다
숲속의 여름 저녁 향연, 산 위 높이 걸린 둥근 달
누가 그것을 기록하고 기억하고 있을까
이젠 모두 사라져 갔다
멀지 않아 너에 대해서도, 나에 대해서도
아는 사람도, 이야기할 사람도 없어질 것이다
다른 사람들이 여기에서 살고
우리를 애석히 여길 사람은 없을 것이다
우리는 저녁별과
처음 피어오르는 안개를 기다리기로 하자
신의 커다란 정원 속에서
우리는 기꺼이 피었다가 시드는 것이다.

나는 집과 길, 모두에게 말했습니다

| 칼릴 지브란 |

내 집이 나에게 말했습니다
"나를 떠나지 마세요.
당신의 과거가 여기에 살고 있으니까요."

길이 나에게 말했습니다
"어서 와서 나를 따르세요.
내가 바로 당신의 미래니까요."

나는 집과 길, 모두에게 말해 주었습니다
"나에게는 과거도 미래도 없다.
만약 내가 여기 머무른다면
이 머무름 속에 나의 나아감이 있고
또 만약 내가 이 길로 나아간다면
그 나아감 속에 머무름이 있다.
단지 사랑과 죽음만이
모든 것을 바꿀 수 있을 뿐이다."

작은 돌

| 디킨슨 |

길에서 뒹구는 저 작은 돌은
얼마나 행복할까.

세상의 명예에는 아랑곳하지 않고
급한 일 일어날까 두려움조차 없다.

자연이 지어 준 갈색 옷은
지나던 어느 우주가 입혀주었을까.

혼자 살며 빛나는 태양처럼
다른 데 의지함 없이

꾸미지 않고 소박하게 살며
하늘의 뜻을 온전히 따르고 있다.

만남

| 브라우닝 |

바다는 회색빛, 먼 육지는 먹빛
노란 반달은 나직이 크게 떠 있다
이제 잔물결은 잠에서 깨어나 불꽃처럼
둥근 고리를 만들며 밀려가고
나는 돛배를 밀어 갯벌에 닿아
젖은 모래밭을 천천히 걸어간다.

훈훈한 바닷바람 따스하고
들판을 세 번 가로질러 가면 농가 한 채가 있어
어둠 속에서 창 두드리면 이어 밝아진다
성냥불은 파랗게 빛을 토해내고
목소리는 기쁨과 작은 두려움으로
내 심장이 뛰는 소리보다 나직하다.

산방山房의 밤

| 왕발 |

거문고를 안고 방문을 열어 놓고
술잔을 잡고 정인情人을 대한다
숲속의 못 가, 달밤의 꽃 아래
또 다른 하나의 봄 나라.

네 가지 대답

| 로제티 |

무거운 것은
바다와 모래와 슬픔이다.

짧은 것은
오늘과 내일이다.

약한 것은
꽃과 젊은이다.

깊은 것은
바다와 진리다.

안개

| 샌드버그 |

안개가 내린다
작은 고양이 발에
안개는 조용히 앉아
말없이 항구와 도시를
허리 굽혀 바라보다가
어디론지 떠나간다.

한밤중의 부두

| 흄 |

한밤중 적막한 부두
어둠 속으로 밧줄 드리운 돛대 끝에
높이 달이 걸렸고, 그보다 더 먼 것은
놀다 버린 어린아이의 풍선뿐이다.

배

| 지센 |

저 배는 바다를 산책하고
난 여기 파도 흉흉한 육지를 항해한다
내 담뱃대 연기를 뿜으면
나직한 뱃고동, 낮은 저음의 목청.

배는 화물과 여객을 싣고
나의 적재 단위는
인생이란 중량.

나비가 가는 곳

| 기타무라 도코쿠 |

춤추며 가는 것을 물어주니
내 마음 한없이 기쁘기는 하지만
가을날의 들녘을 이곳저곳
정처 없이 떠도는 나비의 신세
가는 곳도 오는 곳도 같은 길이므로
날아온 곳을 다시 날아가야 한다
꽃 피어 있는 야산을 춤추며 날지만
꽃 없는 길섶은 나의 작은 잠자리
앞도 없고 뒤도 없는
운명도 아닌 나도 없다
팔랑팔랑 날아가는
꿈과 현실이 나의 삶이다.

귀가歸家

| 헤르만 헤세 |

멀고 긴 여행에서 돌아와
빈방에서 기다리고 있는 우편물을 발견한다
무거운 마음으로 편지를 하나씩 읽노라면
곰팡내는 추위 속에 안개 같은 숨을 내쉰다.

아, 당신들은 어찌하여 이처럼 갖가지 편지를 보내는가
내가 모르는 사람, 순례자나 수도자
모든 사물의 배후에 밤과 비밀이 숨어 있지 않다면
삶은 그 얼마나 황량하고 무서운 것일까!

나는 벽난로 속에 당신들의 편지를 집어넣는다
물음에 대한 답장을 어떻게 써야 할지 모른다
다만, 눈부시게 타오르는 불꽃으로 몸을 녹일 뿐이다
우리에게 하루가 밝아오는 내일을 함께 기뻐하자.

냉혹한 세상은 우리를 적대시하고 에워싼다
다만, 마음은 태양처럼 가득하고 기쁨의 힘을 갖고 있다
오, 세상은 숱한 요괴들보다 오래 살아남을
소심한 불꽃이 내 마음속에서 떨고 있다.

꽃가게

| 백거이 |

장안의 봄 저무는데 시끌시끌 거마가 지나간다
모란이 필 때라면서 서로들 꽃을 사 간다

정해진 값 따로 없고 꽃의 수에 따라 다르다
불붙는 빨간 꽃송이들 자잘한 하얀 꽃다발들

위에는 포장을 가려주고 옆에는 울짱으로 지켜준다
물 뿌리고 흙 돋우니 옮겨왔어도 빛깔은 그대로다

집마다 유행을 이루고 사람마다 마냥 열중한다
어떤 시골 노인이 꽃가게에 와 보더니

고개 숙여 장탄식한다. 이 탄식은 아무도 모르리
한 떨기 고운 꽃은 열 가구 몫의 세금.

팔리지 않는 꽃을 위하여

| 알프레드 E. 하우스먼 |

땅을 다듬고 잡초를 뽑고 하여
활짝 피운 꽃을 시장에 가져갔다
그러나 아무도 사 가는 사람이 없어
다시 집으로 가져왔지만, 그 빛깔이 너무 아름다워
몸을 치장할 수도 없었다.

나 이제 그 꽃씨를 거두어 이곳저곳에 뿌려서
내가 죽어 그 아래 묻혀서
아는 이들의 기억에서조차 까마득히 잊혔을 때
나와 같은 젊은이가 볼 수 있게 하기 위해서다.

새싹이 돋는 새봄이 올 때마다
한 해도 어김없이 꽃을 보여줄 것이며
내 죽어 이미 사라지고 난 뒤에는
어느 불행한 젊은이의 가슴에 장식할 수 있을 것이다.

스핑크스의 말

| 칼릴 지브란 |

스핑크스가 단 한 번, 말한 적이 있었습니다
"하나의 모래알은 하나의 사막
하나의 사막은 한 알의 모래
그러니 우리 모두 다시 침묵합시다."
나는 스핑크스의 그 말을 들었습니다
그러나 그 뜻을 이해할 수 없었습니다.

풍선 장사

| 커밍즈 |

봄이
한창이라, 세상은 흙냄새
흐뭇하고 키 작은
절름뱅이 풍선 장사가

휘파람을 분다. 멀리서 삐이하고
그러면 에디와 빌은
구슬치기와 해적 놀이를 하다가
달려온다. 그리고 때는
봄

세상은 물웅덩이로 멋지다.

기묘한
늙은 장사가 휘파람을 분다
멀리서 삐이하고

그러면 베티와 이사벨은 춤추며 온다
돌 차기와 줄넘기를 하다가
때는
봄

그리고 그 염소 발을 가진
풍선 장사가 휘파람을 분다
멀리서 삐이하고.

바다의 밭

‖ 알베르티 ‖

빠다의 밭에서
너와 함께 채소 농사를 짓는다면
그 얼마나 행복할까
연어가 끄는 수레를 타고
사랑하는 이여, 그대가 가꾼 것을
팔러 다니는 그 즐거움!
"미역, 사시오.
싱싱한 바다를 사시오!"

비누 거품

‖장 콕토‖

뻬누 겨폼 빵울 속으로
뜰은 들어갈 수 없어
둘레를 뼁뼁 돌고 있다.

돌아온 병사

| 장광츠 |

총부리 내려놓고 호미를 든다
호미로 자유 찾아 총부리에 재우자
아, 자유! 자유!
어제의 총부리, 오늘의 호미.

밀밭에서 병사 죽다

| 릴리엔클론 |

밀밭에서 밀 이삭과 풀잎 사이에
병사 한 명이 아무에게도 발견되지 않고 쓰러져 있다
이미 이틀 밤 이틀 낮 동안
중상을 입고 상처를 치료받지 못한 채
목마름과 높은 열로 신음하며
죽음과 싸우면서 힘겹게 고개를 쳐든다
머릿속을 스쳐 가는 꿈과
머릿속에 떠오르는 환상
흐릿한 눈은 하늘을 향해 있다
밀밭에 낫질하는 소리가 들려오고
병사는 추수철의 마을을 떠올린다
잘 있거라. 잘 있거라
아아, 그리운 고향이여
그렇게 입속으로 말하며 고개를 떨구고 숨진다.

지하철 정거장에서

‖ 에즈라 파운드 ‖

군중 속에서 유령처럼 나타나는 이 얼굴들
까맣게 젖은 나뭇가지 위의 꽃잎들.

짐승

|| 휘트먼 ||

나는 짐승들과 함께 살기를 원한다
그들은 평온하고 스스로 만족을 즐긴다
그들은 땀 흘려, 가지려 하지 않으며
자신들의 환경을 불평하지 않는다
그들은 늦도록 잠 못 이루지도 않고
죄를 용서해 달라고 비는 일조차 없다
그들은 불만도 없고, 소유욕에 눈이 멀지도 않았다
다른 자에게 무릎도 꿇지 않으며
잘난 체하거나 불행해하지도 않는다.

여행

| 체 게바라 |

여행에는 두 가지 중요한 순간이 있다

하나는 떠나는 순간이고
다른 하나는 도착하는 순간이다

도착할 때를 계획한 시간과 일치시키려면
어떠한 수단과 방법도 가려서는 안 된다.

단편

| 사포 |

별빛이 현란하게 반짝여도
달빛 곁에서는
빛나는 제 모습을 숨긴다
깊은 보름밤
은빛이 온 세상을
환하게 비출 때.

단 한 번의 경고

| 엘뤼아르 |

그가 죽기 전날 밤은
그의 생애에서 가장 짧은 밤이었다
아직도 살아있다는 생각이
손목의 피를 뜨겁게 했다
그의 육체의 무게는 그를 답답하게 짓눌렀고
그 힘은 신음을 내게 했다
하지만 그가 웃음을 짓기 시작한 것은
공포의 밑바닥에서였다
그 옆에는 한 사람의 동지도 없었으나
기억 속에는 수백만의 동지들이 있었다
그는 비로소 복수의 방법을 알게 되었다.

성실

| 엘뤼아르 |

피와 눈물의 땅으로 가는
멀고 험한 길이 시작되는
조용한 마음을 갖고 사는
우리는 순수하다.

밤은 훈훈하고 고즈넉하며
사랑하는 여인을 위해 우리는 간직한다
이 값지고 귀한 성실을
그중에서도 살아가는 희망을.

정의

| 에릭 프리트 |

개가
죽는다
그리고 그 개는
개처럼
죽는다는 것을 안다.

그리고 자기가
개처럼
죽는다는 것을
아는 자는
오직 인간뿐이다.

대장의 접시

| 체 게바라 |

식량이 부족해 배가 고플수록
분배에 더욱 세심해야 한다
오늘, 얼마 전에 전입해 온 취사병이
모든 대원의 접시에
삶은 고깃덩어리 두 점과
감자 세 개씩을 담아 주었다
그런데 내 접시에는 고맙게도
하나씩을 더 얹어주는 것이었다
나는 즉시 취사병의 무기를 빼앗은 다음
캠프 밖으로 추방해버렸다
그는, 단 한 사람의 호감을 얻기 위해
많은 사람의 평등을 모독했다.

나의 동포

| 휴즈 |

밤은 아름답다
그래서 내 동포의 얼굴도 아름답다.

별은 아름답다
그래서 내 동포의 눈동자도 아름답다.

아름다운 것은 태양
또한 아름다운 것은 내 동포의 영혼.

물고기의 역사

| 다카하시 신기치 |

어느 곳에서
물고기가 헤엄치고 있었다.

그곳은 바다나 강
그 외의 물속도 아니었다.

그곳은
돌 속이었다.

화석이 된 물고기는
돌과 함께 헤엄치고 있었다.

등뼈만 남고
살은 사라진 상태였다.

현상은 어디서나
토막토막 달라진다.

우리의 기억 속에서만
물고기는 지느러미를 움직여 헤엄치고 있다.

무엇이든 세계에서 제일

| 세카네 히로시 |

대단하다!
이건 정말 못 당하겠다
모처럼 어렵게 왔는데
마천루는 보이지 않는다
뭐가 뭔지 오리무중
그건 그럴 수밖에
미국은 무엇이든 세계에서 제일
안개도 런던보다 더 짙다
남들은 괜한 소리 한다고 하겠지!
직업소개소에 가서
알아보라
뉴욕에서는
안개도
삽으로 퍼 담고 있다.

도움말

| 휴스 |

여보게. 내 말을 잘 듣게
세상에 태어난다는 것은 괴로운 일
죽는다는 것은 비참한 일이지
그러니 꽉 붙잡아야 하네
사랑하는 일을 말일세
태어남과 죽음의 사이에 있는 시간 동안을.

환희의 노래

| 칼릴 지브란 |

어느 날인가
손에 가득 안개를 쥐어 보았습니다
그런 다음 살며시 손을 펼쳐보니
아! 안개는 한 마리 벌레로 변해 있었습니다
다시 나는 깊은 호기심에
손을 쥐었다가 살며시 펴보았습니다
순간, 그 안에 한 마리 새가 앉아 있는 것을 보았습니다
놀란 가슴으로 또 한 번 손을 쥐었다 폈을 때
슬픈 얼굴로 하늘을 바라보고 있는
한 사람이 서 있었습니다
그리고 한 번 더 손을 쥐었다 폈을 때
그 안에는 가득 안개뿐이었습니다
그때 나는 분명히 들었습니다
울려 퍼지는 환희의 노래를.

등화관제

| 엘뤼아르 |

어찌할 것인가 문밖에는 감시자가 있는데
어찌할 것인가 우리는 갇혀 있는데
어찌할 것인가 거리는 통행금지인데
어찌할 것인가 도시는 정복당했는데
어찌할 것인가 도시는 굶주려 있는데
어찌할 것인가 우리는 무기를 빼앗겼는데
어찌할 것인가 어두운 밤은 더 깊었는데
어찌할 것인가 우리는 서로 사랑했는데.

인식認識

| 하겔 슈팅게 |

인간의 시간은
죽음을 먹고 성장한다
쾌락으로 상처받고
의문으로 방황한다
척도가 거절당하여도
한계가 없는 것은 아니다
저마다 사람을 속이는 기초 위에서
꾸미지 않은 초상肖像의 잔은 늘 비어 있다.

슬픈 경험을 충고할
아무 비유도 없고
망각으로 불러 동행할
어떠한 신비도 없다
저울은 평형을 유지하는
중량을 무시하고 있다
미래가 미래에
먹을 것과 규정밖에는
더 소유한 것이 없다.

아우 생각

| 두보 |

북소리 아직도 울리는데
길손들 발소리 끊기고
멀리 가을이 왔는데
외마디 기러기 소리.

밤이슬 방울방울
이 밤에도 하얗고
달빛은 휘영청
고향처럼 밝았다.

그리운 아우들은
동서남북 흩어져
그 목숨 그 생사
들을 길 없다.

편지를 띄워도
어디로 갔는지
싸움터 불더미로
소식이 깜깜하다.

있다는 것은 없음을 의미합니다

| 라즈니쉬 |

어느 마을의 생선가게 주인이 '여기서 싱싱한 생선을 팝니다.' 라고 써 붙였습니다

그러자 지나가던 행인이 그것을 보고 웃으면서 말하는 것이었습니다

"싱싱한 생선? 뭐, 어디서는 상한 생선만을 판단 말인가? 싱싱한 생선이라고 쓴 의도가 무엇인지 모르겠군."

가게 주인은 그 사람의 말이 맞는다고 생각했습니다

게다가 '싱싱한' 이란 말은 싱싱하지 않다는 말이 아닌가 하는 생각 끝에 '싱싱한' 이란 말을 삭제해 버렸습니다

간판은 이제 '여기서 생선을 팝니다.' 로 되었습니다

다음날 한 노파가 가게에 들러 큰 소리로 읽었습니다

"여기서 생선을 팝니다? 그렇다면 다른 곳에서도 생선을 팔고 있다는 말입니까?"

그러자 '여기서' 라는 글자가 지워졌습니다. 이제 간판은 '생선 팝니다' 로 되었습니다

사흘째 되는 날 다른 손님이 들어서며 말했습니다

"생선 팝니다? 그렇다면, 생선을 공짜로 주는 가게도 있다는 말입니까?"

그래서 '생선' 이란 글자마저 지워졌습니다. 간판은 이제
공백이 되었습니다

지나가는 사람이 물었습니다

"왜 빈 간판입니까?"

그리하여 간판도 떼 내어졌습니다

이제 남은 것이라고는 아무것도 없었습니다. 한 자 한자 모두 제거된 것입니다

결국 남은 것이라고는 무無요, 공空이었습니다.

술

| 마르티 알리스 |

자네는 밤을 새워 술을 마실 때는
어떤 약속이건 서슴없이 한다
그러나 아침이 되면
아무것도 실행하지 않는다
폴리오여!
자네 아침에 술을 마시면 어떻겠나.

술의 노래

| 예이츠 |

술은 입으로 들고
사랑은 눈으로 든다
우리가 늙어서 죽기 전에
참아라, 깨달을 건 이것뿐이다
나는 내 앞의 잔을 들면서
그대를 바라보고 한숨 짓는다.

음주飮酒

| 도연명 |

영고성쇠는 일정한 것 아니라
서로서로 돌아가게 마련.

소생所生이 오이밭에 선 모습
어찌 동릉東陵의 시절과 같을까.

추위 더위는 자리를 바꾼다
사람의 길도 변함없이 이와 같다.

달관한 사람은 그 중요함을 깨달아
마침내 다시 의문을 가지지 않는다.

문득 한 단지의 술과 더불어
이 밤을 즐겁게 지내는 거다.

월하독작月下獨酌

| 이백 |

꽃 사이 한 병 술
친구 없이 혼자 마신다.

술잔 들어 달님을 청하니
그림자랑 세 사람이 된다.

달님은 마실 줄도 모르고
그림자는 흉내만 내는구나.

잠깐 달님이랑 그림자랑 함께
즐기자, 이 몸이 가기 전에.

내 노래에 달님은 서성거리고
내 춤에 그림자는 흐늘거린다.

취하기 전에 함께 즐겁지만
취한 다음엔 각각 흩어지리.

영원히 맺은 담담한 우정
우리의 기약은 아득한 은하수.

버려진 술

| 폴 발레리 |

언제인가, 나는 바다에 던졌다
어느 하늘 아래서인지 모르지만
공허 속에 받들듯이
아주 고귀한 술 한 모금을
오, 술이여! 누가 너의 추락을 원했던가
아마도 운명에, 내 가슴의 근심에
내가 복종하여
저를 생각하며 술을 버린 것이리라.

그을린 장미에 뒤이어
순수한 바다는
지금 습관적으로 투명함을 되찾는다
술은 버려졌고 물결은 취했다
나는 메마른 공기 속에서 보았다
가장 깊은 모습이 뛰어오르는 것을.

벗이 그리워

| 백거이 |

술독을 새로 열어
술을 데웠네
뜨거운 숯불도
질화로에 붉었네.

어서 와서
한 잔 들게나
눈 소식 드리운
이 밤이 온다.

전원에 돌아가서

| 도잠 |

어려서도 세속이 싫어
한사코 산이 좋았다.

잘못 벼슬길에 빠졌다가
그냥 서른 해를 보냈다.

새는 옛 산을 그리고
물고기는 옛 못을 그리워한다.

텃밭을 일구면서
못나게 전원에서 산다.

네모난 뜰 3백 평 남짓
초가집 여덟아홉 칸.

뒤뜰에는 느릅과 버들이 무성하고
앞뜰에는 복숭아, 오얏이 비단 같다.

먼 마을 뽀얗게 흩어져 있고
두메 연기 꼬불꼬불 서성인다.

안 동네에 삽살개 짖는 소리
뽕나무밭 끝머리에서 꼬끼오

뜰 안에는 햇볕만 놀고
대청에는 빈 시간만 머문다.

장롱에 갇힌 지 세월이 많아
어즈버 돌아왔네, 전원에 왔다.

강촌

| 이백 |

서녘에 주름 봉우리 붉다
햇발이 평지에 떨어진다
사립문에 참새떼 재잘거릴 때
나그네는 천 리에서 돌아온다.

아내는 나를 물끄러미 보더니
놀랐다가 다시 눈물을 닦는다
난세에 떠돌던 몸이
살아 돌아온 것 우연하다.

담 머리에는 이웃 사람이 가득
감탄하고 또 한숨 짓는다
밤 깊어 다시 촛불 켜니
마주 앉은 것이 꿈인 듯하다.

늘그막에 구차스러운 목숨
집에 와도 즐거움 적다
귀염둥이는 무릎에서 맴돌다가
무서워 다시 떨어진다.

전날 바람 쐬기 좋아서
거닐었던 못가의 나무에
쓸쓸한 북풍이 세차니
나는 온갖 시름에 잠긴다.

조와 기장을 거두었다는 말을 듣고
벌써 술 향기가 코에 스민다
이제는 만족하게 술잔을 기울여
늙은 날을 안위할 수 있겠지.

귀전원거歸田園居

| 도연명 |

젊어서 세속에 적응하지 못했으니
성격이 본래 언덕과 산을 사랑했다
잘못 올가미에 빠져
내처 30년이 지났다.

조롱의 새도 옛날의 숲을 그리워한다
연못의 고기도 이전의 늪을 생각한다
남쪽 들의 황무지를 개간하자
고집을 세우고 전원으로 돌아온다.

마당은 천여 평인데
초가는 8, 9간이다
버들, 느릅나무는 뒤 처마를 그늘 지우고
오얏, 복사나무는 마루 앞에 늘어서 있다.

가물가물 촌락은 먼 데
하늘하늘 마을의 연기
개는 골목길 안에서 짖고
닭은 뽕나무 위에서 운다.

집안에 번거로움이 없으니
빈방에 한가로움이 넘친다
오랫동안 새장 속에 있다가
다시 자연으로 돌아왔구나.

가을 농부

| 아폴리네르 |

안개 속을 헤치며 다리가 굽은 농부가 간다
가난한 마을의 풍경을 감추는
안개 속을 느린 걸음으로 황소가 간다.

이리저리 가면서 농부가 노래를 부른다
사랑과 우정의 노래를
흩어진 마른 가슴을 노래한다.

오! 가을.
가을은 여름을 죽였다
안개 속을 두 개의 회색 그림자가 간다.

가을밤의 대화

| 쿠사노 신뻬이 |

춥지
응, 춥군
벌레가 울지
응, 벌레가 우는군
이제 곧 흙으로 들어갈 거야
흙 속은 정말 싫은데
몹시 말랐군
자네도 말랐는데
어디가 결릴까
아마, 배일 거야
배를 때리면 죽을 테지
아직 죽긴 싫은데
춥군
아, 벌레가 우는군.

병든 가을

| 아폴리네르 |

황금빛으로 병든 가을이여
장미밭에 태풍이 불면
포도밭에
눈이 내리면
너는 죽을 것이다.

상처받은 가을이여
눈雪과 너무 익은 과일의
흰빛과 부유함으로 죽으리
하늘 속에서

결코 사랑한 적 없는
푸른 머리털의 난쟁이 요정 위를
솔개가 맴돈다
먼 산기슭에서는
사슴이 운다.

오, 계절이여!
내 얼마나 사랑하는가, 네 소문을
줍지 않아도 떨어지는 과일
바람, 그리고 가을에 잎마다 울음 우는 숲
짓밟는 잎, 굴러가는 기차
삶도 흘러간다.

친구의 농장에 들러

| 맹호연 |

친구가 닭고기와 기장밥을 마련하고
나를 시골집으로 불렀다.

신록은 마을 주위를 에워싸고
청산은 청산 너머에 비껴있다.

들창을 열고 마당과 채마밭 바라보며
술잔을 들고 삼밭과 뽕나무를 얘기한다.

중양절이 되기를 기다렸다가
다시 와 국화 앞에 나서리.

송별

| 왕유 |

산중에 그대 보내고
홀로 손 흔들 제
사립문 지그리면
해가 저문다.

봄마다 풀빛이야
예전대로 푸르건만
한 번 간 임이야
돌아올 줄 모른다.

가지 않은 길

| 프로스트 |

갈색 숲속에 길은 두 갈래로 갈라져 있었습니다
안타깝게도 나는 두 길을 갈 수 없는
한 사람의 나그네로 오랫동안 서서
한쪽 길이 덤불 속으로 꺾여 내려간 데까지
바라다 볼 수 있는 데까지 멀리 보았습니다.

그리고 똑같이 아름다운 다른 길을 택했습니다
그럴 만한 이유가 있었습니다
거기에는 풀이 더 우거지고
사람이 걸어간 자취가 적었습니다
하지만, 그 길을 걸어감으로써
그 길도 거의 같아질 것입니다만.

그날 아침 두 길에는 낙엽을 밟은 자취가 적어
아무에게도 더럽혀지지 않은 채 묻혀 있었습니다
아, 나는 뒷날을 위해 한 길을 남겨두었습니다
길은 다른 길에 이어져 끝이 없었으므로.

눈 오는 저녁 숲속에 서서

| 프로스트 |

이곳이 누구네 숲인지 알 것 같다
그의 작은 집이 마을에 있긴 하지만
그는 내가 여기에 서서 그의 숲에
눈 쌓이는 것을 바라보는 게 보이지 않을 것이다.

나의 작은 말은 이상하게 생각할 것이 분명하다
숲과 얼음이 언 호수 사이
근처에 농가도 없는 곳에 멈춘 것을
일 년 중에 가장 어두운 저녁에.

말은 무슨 잘못이라도 있느냐고 묻듯이
마구에 달린 방울 흔든다
달리 들려오는 소리라고는 오직
부드러운 눈송이 휩쓰는 바람 소리뿐.

숲은 아름답고 어둡고 깊다
그러나 나는 약속한 일을 지켜야 하고
자기 전에 몇 마일을 더 가야 한다.

순례자

| 쉴러 |

인생의 봄에
이미 나는 방랑의 길에 올랐다
청춘의 아름다운 꿈은
아버지의 집에 남겨둔 채로.

길은 열려 있다, 방황하라
언제나 향상을 추구하라는
거대한 희망이 나를 휘몰고
어두운 믿음의 말을 들은 까닭에.

황금빛 대문에 이를 때까지
그 문 안으로 들어가라고
그곳에는 현세적인 것들이
거룩하고 무상하지 않으리라는 믿음을 갖고

유산과 소유의 모든 것을
즐겁게 믿으며 버렸다
가벼운 순례자의 지팡이를 들고
어린이의 생각으로 길을 떠났다.

인생 시간표

| 헤더헤디 |

- 15세는 오전 10시 30분
- 20세는 오전 11시 34분
- 25세는 오후 12시 42분
- 30세는 오후 1시 51분
- 35세는 오후 3시 00분
- 40세는 오후 4시 8분
- 45세는 오후 5시 16분
- 50세는 오후 6시 25분
- 55세는 오후 7시 34분
- 60세는 오후 8시 42분
- 65세는 오후 9시 51분
- 70세는 오후 11시 00분

섣달그믐날에 쓴 시

| 에리히 케스트너 |

병든 말 같은 세월에 꿈을 맡겨서는 안 된다
세월에 너무 무거운 짐을 지게 하면
결국 녹초가 되어버린다.

계획이 화려하게 꽃필 때일수록
일은 곤란한 일에 몰린다
그때 인간은 노력하려고 결심한다
그리고 드디어 진퇴유곡에 빠진다.

수치심 때문에 발버둥 쳐도 도움이 되지 않는다
결국 이것저것 손대어도
전연 도움은 되지 않고 손해만 볼뿐

세월에 맡긴 그런 꿈을 버릴 것
마음가짐을 새로이 할 것이다.

평화의 기도

| 성 프란체스코 |

나를 당신의 도구로 써 주소서
미움이 있는 곳에 사랑을
다툼이 있는 곳에 용서를
분열이 있는 곳에 일치를
의혹이 있는 곳에 신앙을
그릇됨이 있는 곳에 진리를
절망이 있는 곳에 희망을
어둠에 빛을
슬픔이 있는 곳에
기쁨을 가져오는 자 되게 하소서
위로받기보다는 위로하고
이해받기보다는 이해하며
사랑받기보다는 사랑하게 하여 주소서
우리는 줌으로써 받고
용서함으로써 용서받으며
자기를 버리고 죽음으로써
영생을 얻게 됨을 깨닫게 하소서. 아멘.

삶의 시 • 2

삶의 모습에서 본 사랑과 행복의 그림자

그대가 있다는 이유만으로

| T. 제프린 |

그대가 이 세상에 있다는 이유만으로도
내 눈에 보이는 세상은 더없이 아름답습니다.

그대와 함께 이 세상을 살아가는 나는
살아있다는 것만으로도 행복합니다.

어느 날 세상이 무너져버린다 해도
그대가 있다면, 나는 아무 상관이 없습니다.

그대는 이 세상에 존재하는 또 다른 나의 세상
그대의 마음속은 내가 다시 태어나고 싶은 곳입니다.

그대와 함께 이 세상을 살아가는 이유는
영원히 내가 그대를 사랑해야 할 이유입니다.

소녀의 자화상

| 데상 |

나는 정말로 아름다운가요?

작은 이마는 밝고 얼굴은 곱고
입술은 분홍빛이라고
스스로 생각하고 있는데
내가 정말 아름다운지 말해 주세요.

내 눈은 에메랄드, 가느다란 눈썹
금발의 머리카락, 오뚝 선 콧날
흰 목덜미, 토실토실한 턱
나는 정말 아름다운가요?

첫사랑

| 시마자키 도손 |

땋아 올린 지 며칠 안 된 앞 머리카락
사과밭에 모습을 나타냈을 때
앞머리 꽂은 무늬 빗은
한 송이 꽃처럼 아름다웠다.

하얀 손 정답게 내밀며
빨갛게 익은 사과를 건네주는 그대여
그 가을 열매로
세상에 태어나 그리움을 배웠다.

하염없이 내쉬는 나의 숨결이
그대 머리카락에 닿을 때마다
한없이 행복이 채워진 사랑의 잔을
그대의 정으로 마셨다.

과수원 사과나무 밑으로
언제부터인가 생긴 이 작은 길은
누가 처음 밟은 자리인가
묻고 싶은 그리움이 피어난다.

사랑은

| 칼릴 지브란 |

사랑은 노인만큼이나
단순하고 순진한 것
어느 봄날 오래된 참나무 그늘에
함께 앉아 있는 것과 같습니다
사랑은 일곱 개의 강 너머에 머무르는 시인을 찾아
아무 바라는 것 없이 그 앞에 서는 모습과 같습니다
사랑은, 당신을
절벽 끝으로 이끌어도 따라가는 것과 같습니다
사랑에게 있는 날개가 당신에게는 없을지라도
사랑이 없는 삶은 무의미하므로 그를 따라야 합니다
함정에 빠져 조롱당할지라도
더 높은 곳에서 이를 내려다보며 미소 짓고
머지않아 봄이
당신 사랑의 싹을 키우고 춤추기 위해 찾아올 것임을
멀지 않아 눈부신 가을이
당신의 사랑을 익히기 위해 찾아올 것임을
잊지 말아야 합니다.

연인

| 엘뤼아르 |

그녀는 내 눈 속에 있다
그녀의 머리칼은 내 머리칼 속에
그녀는 내 손의 모양을 가졌다
그녀는 내 눈의 빛깔을 가졌다
그녀는 내 그림자 속에 숨는다
마치 하늘에 던져진 작은 돌처럼.

그녀의 빛나는 눈동자 속에서
나는 잠들지 못한다
환한 대낮에 핀 그녀의 꿈은
태양을 증발시키고
나를 웃기고 울리고
꼭 할 말이 없는데도 말을 만든다.

그대를 처음 본 순간

| 칼릴 지브란 |

그 깊은 떨림
그 벅찬 깨달음
그토록 익숙하고
그토록 가까운 느낌
그대를 처음 본 순간에 시작되었습니다.

지금까지 그날의 떨림은 생생합니다
오히려 천 배나 더 깊고
천 배나 더 애틋해졌습니다
나는 그대를 영원까지 사랑하겠습니다.

이 육신이 태어나
그대를 만나기 훨씬 전부터
나는 그대를 사랑하고 있었나 봅니다
그대를 처음 본 순간에 깨달았습니다.

운명
우리 둘은 이처럼 하나이며
그 무엇도 우리를 갈라놓을 수는 없습니다.

사랑은 수수께끼

| 시퍼 |

사랑은 강요할 수 없는 것
그러나 영원할 수 있는 것

사랑은 대가를 치르고 얻을 수 없는 것
그러나 놀라운 선물처럼 받을 수 있는 것

사랑은 요구할 수 없는 것
그러나 기다릴 수는 있는 것

사랑은 만들어 낼 수 없는 것
그러나 성장盛裝으로 꾸밀 수 있는 것

사랑은 재촉할 수 없는 것
그러나 자연스럽게 넘쳐날 수 있는 것

사랑은 기대할 수 없는 것
그러나 갈망할 수는 있는 것
사랑은 알 수 없는 것

사랑은 가끔 되돌아보아야만 알 수 있는
갖가지 가면을 쓰고 불현듯 나타난다

그러나 사랑은 언제나 그 범위를 훨씬 넘어
사랑의 기원과 그 목적을 이야기하고 있다.

사랑은 조용히 오는 것

| G. 벤더 빌트 |

사랑은 조용히 천천히 오는 것
외로운 여름과
거짓 꽃이 시들고도
기나긴 세월이 흐를 때
사랑은 조용히 천천히 오는 것
얼어붙은 물속으로 파고드는
밤하늘의 총총한 별처럼
조용히 내려앉는 눈과 같이

조용히 천천히
땅속에 뿌리박는 사랑의 열정은
더디고 조용한 것
내리다가 치솟는 눈처럼
사랑은 살며시 뿌리로 스며드는 것
사랑의 씨앗은 조용히 싹을 틔운다
달이 커지듯 천천히.

사랑의 팔

| 슈토름 |

사랑의 팔에 안긴 일이 있는 사람은
절대로 비참해지는 일이 없다
비록 낯선 땅에서 홀로 죽어갈지라도
연인의 입술에 닿아서 느낀
지난날의 행복이 다시 살아나서
죽음의 순간에조차도
그녀를 자기 것으로 느끼게 마련이다.

사랑의 가장 좋은 순간은

| 프뤼돔 |

사랑의 가장 좋은 순간은
'너를 사랑한다' 라고 말할 때가 아니다
그것은 어느 날이든 깨뜨리다가 만
침묵, 바로 그 속에 있는 것
그것은 남모를 마음의
은근한 슬기 속에 깃들인 것.

평생의 사랑

| 브라우닝 |

우리 둘이 사는 집
방에서 방으로
나는 그녀를 찾아 샅샅이 둘러본다
내 마음아, 불안해하지 말라
이제 곧 찾게 될 것이다
이젠 찾았다. 하지만 커튼 뒤에 숨겨진
그녀의 고뇌, 잠자리에 감도는 향수 내음
그녀의 손이 닿는 벽 장식 꽃송이는 향기 뿜고
저 거울은 그녀의 매무새 비치며 밝게 빛난다.

우리 둘이 사는 작은 집
이 방에서 저 방으로
나는 그이를 찾아 샅샅이 살핀다
내 마음이 불안해서다. 이제 곧 찾게 될 것이다
찾았다. 하지만 이번에는 커튼에 남겨진
그이의 체위, 잠자리에 남아있는 향수 내음
그이의 손길이 닿은 꽃병 꽃송이의 향기
저 거울은 그이의 모습을 비치며 빛난다.

그이는 그 여인을 사랑하였다

| 미스트랄 |

그이가 다른 여인과 함께
가는 것을 보았다
바람은 여느 때처럼 부드러웠고
길은 여느 때처럼 고요한데
그이가 가는 것을 보았다
이 불쌍한 눈이여.

꽃밭을 지나가며
그이는 그 여인을 사랑하였다
산사 꽃이 피었다
노래가 지나간다
꽃밭을 지나가며
그이는 그 사람을 사랑하였다.

해안에서
그이는 그 여인에게 입을 맞추었다
레몬의 달이
물결 사이에서 아른거렸다
바다는 내 피로
붉게 물드는 일 없이.

그이는 영원히
그 여인 곁에 있다
감미로운 하늘이 있다
그이는 영원히
그 여인 곁에 있다.

어느 젊은이의 사랑

| 하이네 |

어느 젊은이가 사랑했는데
그 처녀에게는 애인이 있었다
그 애인에게는 다른 여자가 있어
그 여자와 결혼하고 말았다.

그 처녀는 그만 화가 나서
우연히 만나게 된 알지 못하는
다른 남자와 결혼하고 말았다
처음의 젊은이는 슬퍼하였다.

이것은 옛날이야기지만
그러나 흔히 있는 이야기이다
나에게 이런 일이 일어난다면
누구나 마음은 둘로 쪼개질 것이다.

혼자 만나러 가는 밤

| 타고르 |

약속한 장소로 혼자서 만나러 가는 밤
새들조차 노래하지 않고, 바람도 불지 않고
거리의 집들도 조용히 서 있고
내 걸음만 바쁜 소리를 내고 있습니다.

나는 부끄러운 마음으로 발코니에 앉아
그 사람의 발소리를 기다리고 있습니다
나뭇가지 하나 흔들리지 않고
작은 개울물조차 조용합니다
숨 가쁘게 뛰고 있는 것은 내 심장뿐
어떻게 하면 멈출 수 있을까요.

사랑하는 이, 내 곁에 앉으면
내 몸과 마음은 마냥 떨리고
눈은 감기고 밤은 어두워집니다
바람이 촛불을 나직이 꺼버립니다
구름이 별을 가리려고 옷자락을 펼칩니다
그러자 내 마음의 보석이 반짝 빛납니다
어떻게 그것을 감출 수 있겠습니까.

그대의 얼굴에는

| 다우텐다이 |

그대의 얼굴에는
고요함이 어려 있다
여름날 무거운 숲속에 깃들고
저녁의 울창한 산속에 깃들며
꽃봉오리 속에 깃들어 있으면서
소리 없이 숭고한 음향을 전해 주는
따스하고 밝은 고요가 있다.

다시 한번

| 슈토롬 |

다시 한번 무릎에 떨어지는
정열의 빨간 장미 꽃송이
다시 한번 내 마음에 스며드는
소녀의 아름다운 그 눈동자

다시 한번 내 가슴에 메아리치는
소녀가 내쉬는 깊은 한숨
다시 한번 내 얼굴을 어루만지는
6월의 건조한 여름 바람.

언제나 서로에게 소중한 의미이기를

| 세리 도어티 |

그대가 나를 얼마나 생각하는지
그대의 두 눈을 보면 알 수 있습니다
그대가 나를 사랑하고 있다는 것을
나는 너무나 잘 알고 있습니다
내 가슴으로 느끼는
다정다감한 감정을 모두 표현하기란
쉽지 않다는 것을 알아주길 바랍니다.

낮이나 밤
일 년 내내 언제나
내 마음은 언제나 변함이 없습니다
앞으로도 또 여러 해가 지난 후에도
우리 두 사람은
언제나 서로에게
지금만큼의 의미를 지니도록 기도드립시다.

당신의 목소리에

| 클로델 |

당신의 목소리에
나는 믿음을 되찾았습니다.

당신의 십자가 아래서
나는 기쁨을 되찾았습니다.

당신의 권능의 이름으로
나는 나 자신으로 내려왔습니다.

내 주의 발아래서
나는 나의 마음을 되찾았습니다.

잊은 것이 아니지만

| 사포 |

높은 가지 끝에
매달려 있어
과일 따는 것을 잊고 간
아니지
잊은 것이 아니지만
따기 힘들어
그만 높은 가지에 남겨놓은
새빨간 사과 같은
그대.

노을 속의 백장미

| 헤르만 헤세 |

슬픈 듯 너는 얼굴을 잎새에 묻는다
때로는 죽음에 몸을 맡기고
유령과 같은 빛을 숨 쉬며
창백한 꿈을 꽃피운다.

그러나 너의 맑은 향기는
밤이 지나도록 아직도 방에서
최후의 희미한 불빛 속에서
한 가닥 은은한 선율처럼 마음을 적신다.

너의 어린 영혼은
불안하게 이름 없는 것에 손을 편다
그리고 내 누이인 장미여, 너의 영혼은 미소를 머금고
내 가슴에 안겨 임종의 숨을 거둔다.

우리 둘이서

| 엘뤼아르 |

우리 둘이서 서로 손잡고
어디서든지
우리는 마음 깊이 서로 믿는다
그윽한 나무 아래서
어두운 하늘 아래서
모든 지붕 아래서
난롯가에서
햇볕이 찬란히 내리쬐는 조용한 거리에서
많은 사람의 그 망막한 눈동자 속에서도
어진 사람이나 어리석은 사람의 곁에서도
아이들이나 어른들의 틈에서도
사랑은 어떠한 비밀도 감추지 않는다
우리 둘은 그 확실한 증거이다
사랑하는 사람은 마음으로 깊이깊이 서로를 믿는다.

우리는 울타리 담 옆에 있었다

| 게오르게 |

우리는 울타리 담 옆에 서 있었습니다
수녀에 이끌리어 아이들이 지나갑니다
그리고 하늘의 즐거움을 노래 불렀습니다
이 땅의 포근한 밝은 밤에 안겨서.

우리 둘이서 기울어지는 저녁 햇살을 받고 있을 때
그대 낮은 음성에 나는 놀랐습니다
우리가 행복했던 시절은 오직
저 담을 넘겨다 보지 못했을 때뿐이었습니다.

우리가 걷는 이 언덕에는

| 게오르게 |

우리가 걷는 이 언덕에는 그늘이 짙었지만
건너편 언덕배기는 아직 밝다
아직도 보드라운 풀방석 위에 떠 있는 달
흰 구름 조각구름이 떠 있는 듯싶다.

멀리 어둠이 어른거려 길이 어두워지고
어디선가 아련한 속삭임이 걸음을 막아
산에서 흐르는 보이지 않는 물줄기
밤 노래 지절대는 참새 소리인가.

철 이른 검은 나비
얽히고 얽혀 산들거리고
언덕은 숲이며 꽃에 덮여
저녁 내음으로 짓눌린 괴로움을 어루만진다.

고요한 못 가로 가 보자

| 게오르게 |

물줄기가 한데 모인
고요한 못 가를 돌아서 가자
그대는 내 마음 웃으며 생각해 보고
바람은 봄인 양 부드러이 스쳤습니다.

땅을 노랗게 물들인 나뭇잎들
새로 아리따운 내음 풍기며
다채로운 이 책갈피 속에 묻혀
그대는 슬기로운 말 전해 주었습니다.

그대 또한 행복이란 무엇인지 알고 있는가
말 없는 눈물도 아낄 줄 아는가
한눈에 손을 얹어 다리 위에서
떼지어 날아가는 물새를 바라봅니다.

당신 곁에

| 타고르 |

하던 일 모두 뒤로 미루고
잠시 당신 곁에 앉아 있고 싶습니다.

잠시 당신을 볼 수 없어
마음의 안식마저 사라져버리고
고뇌의 바다에서 내가 하는 일은
모두 끝없는 번민입니다.

피로에 지친 한낮의 여름이
오늘 창가에 와 머물러 있습니다
꽃가지 나무 사이에서
꿀벌들이 날갯짓으로 노래하고 있습니다.

사랑하는 사람이여, 당신과 마주 앉아
목숨 바칠 노래를 부르려 합니다
신비로운 침묵 속에 싸인
이 한가로운 시간 속에서.

그대는 자유롭습니다

| 칼릴 지브란 |

그대는 자유롭습니다
한낮의 태양 앞에
깊은 밤 별들 앞에
그대는 자유롭습니다.

태양도 달도 별도
모두 존재하지 않을 때
이 모든 것들이 있는 앞에서도
두 눈 감을 수 있다면
그대는 자유롭습니다.

그러나
그대가 사랑하는 이 앞에서
그대는 노예입니다
그대가 바로 그를 사랑하고 있는 까닭에
그가 그대를 사랑하는 까닭에.

그리운 옛 얼굴들을 위해

| 찰스 램 |

지난날 나에게는
장난꾸러기 친구와 마음을 주고받는 것이 있었다
어렸을 적 동네 친구와 학창 시절 즐거운 벗들이다
지금은 그 그리운 옛 얼굴들이 모두 사라졌다.

나는 거리낌 없이 웃었고 한 잔 술에도 떠들었다
밤늦도록 술자리 벌여놓고 친구들과 밤샘했다
지금은 그 그리운 옛 얼굴들이 모두 사라졌다.

그때 나는 사랑했다.
누구와도 비교할 수 없는 아름다운 여인이었다
하지만 그녀와의 문은 닫히고, 슬픈 이별이 예고되었다
지금은 그 그리운 옛 얼굴들이 모두 사라졌다.

하지만 나에게는 친구가 있었다. 아주 친절한 사람이었다
그런데 나는 갑자기 그를 버렸다
그것은 그리운 옛 얼굴들을 찾기 위한 행동이었다.

어렸을 때의 기억을 더듬어 곳곳을 유령처럼 헤매면서
모래사막처럼 지난 시간이 머물러 있을 대지를
나는 그리운 얼굴들을 찾아 횡단했다.

나의 친구들이여! 그대들은 형제처럼 가까웠다
왜 그대들은 나의 형제로 태어나지 않았는가
그랬다면 그리운 옛 얼굴들을 말할 수 있었을 것이다.

지금 그들 중에는 이미 죽은 친구
결별한 친구 오래전에 내 곁을 떠난 벗도 있다
지금은 그 그리운 옛 얼굴들이 모두 사라졌다.

잊히지 않는 말

| 릴리엔크론 |

슬프면서도 무섭게 들리기만 하던
그 말이 나는 잊히지 않는다
그대의 목소리에는 울음 섞였고
"당신은 나를 사랑하지 않으셔요?"

황혼은 너른 들에 번지고
하루의 별이 그윽하게 비쳤다
머나먼 숲속에 잠잘 곳을 찾아서
까마귀 무리도 날아가 버렸다.

이제 두 사람은 멀리 떨어져 있고
다시 만날 날을 기약하지 못할 것이다
그 말이 나에게는 잊히지 않는다
"당신은 나를 사랑하지 않으셔요?"

그대와 단풍 우거진 숲길에 서서

| 게오르게 |

그대와 단풍 우거진 참나무 숲길에 서서
철문 가까이 서성거리면
문살 너머로 보이는 들판에
다시 피어난 살구나무가 있음을 보았습니다.

그늘도 가리지 않고 사람 소리도 먼
벤치를 찾아 앉아보았습니다
꿈에 묻혀 팔짱을 끼고
긴긴 부드러운 빛에 기운을 얻었습니다.

햇빛 자국이 가지 사이에서 산산이 부서지는
조용한 냇물이 스며들고
익은 열매들이 땅을 치는 소리
듣기만 하고 보기만 하였습니다.

그대 눈 속에서

| 다우텐다이 |

그대 눈 속에서
나를 편히 쉬게 해 주세요
그대 눈은 이 세상에서
가장 고요한 곳.

그대 검은 눈동자 속에서
살고 싶어요
그대의 눈동자는
아늑한 밤과 같은 평온

지상의 어두운 지평선을 떠나서
단지 한 발자국이면
하늘로 올라갈 수 있으니.

아, 그대의 눈 속에서
내 인생은 끝이 날 것을.

사랑하는 사람에게

| 롱펠로 |

사랑하는 사람아, 이제는 편히 쉬어라
내 너를 위해 여기에 머물 것이다
네 곁이라면
네가 있는 곳이라면
나는 혼자 있어도 기쁘다.

네 눈은 아침의 샛별
네 입술은 한 송이 빨간 꽃
사랑하는 사람아, 이제는 편히 쉬거라
네가 버리고 싶어 하는 시계가
시간을 가리키고 있는 동안에.

지금 곧 말하라

| 작가 미상 |

따뜻한 말 한마디
고백하고픈 사랑의 말 한마디
잊어버릴 때까지 기다리지 말라
오늘 곧 속삭이라.

말하지 못한 따뜻한 말 한마디
부치지 않은 편지
오랫동안 잊고 있었던 소식
다하지 못한 사랑.

이것들이 많은 가슴을 찢어지게 하고
이것들이 사랑하는 사람들을 기다리게 한다
어서 그들에게 주라. 필요로 하는 이들에게
너무 늦기 전에.

두 가지 즐거움

| 캄포 아모르 |

그날 그 밤이 다가왔습니다
그녀는 나를 피하면서 말했습니다
"왜 내게로 다가오시나요?
당신이 두려워요."

그리고 그날 밤은 지나갔습니다
그녀는 바싹 다가오며 말했습니다
"왜 나를 피하시나요?
당신이 없으면 두려워요."

당신이 원하신다면

| 기욤 아폴리네르 |

만일 당신이 원하신다면
당신께 드리겠어요
빛나는 아침을, 나의 밝은 이 아침을
그리고 당신이 좋아하는
나의 갈색 머리카락과
아름다운 나의 푸른 눈을.

만일 당신이 원하신다면
당신께 드리겠어요
따사로운 햇살 머무는 곳에서
눈뜨는 아침이 들려주는 나직한 목소리를
정원 분수에서 치솟아 흐르는
감미로운 맑은 물소리를.

이윽고 찾아올 석양을
쓸쓸한 내 마음의 눈물 저 석양을
나의 조그마한 가려진 손과
당신의 마음속 가까이에서
속삭이지 않으면 아니 될 나의 마음을.

실연한 첫사랑

| 괴테 |

아아, 누가 가져다줄 것인가. 그 아름다운 나날
첫사랑의 그 날을
아아, 누가 가져다줄 것인가. 그 사랑하던 때의
다만, 한 조각 짧은 시간이라도.

나 홀로 쓸쓸히 마음의 상처를 안고
탄식 거듭하면서
잃어버린 행복 슬퍼하고 있다.

아아, 누가 가져다줄 것인가
그 아름다운 나날을
그 사랑하던 때의 한 조각 짧은 시간을.

지나가는 여인에게

| 휘트먼 |

저기 가는 여인이여!
내 이토록 당신을 바라보고 있음을
당신은 모를 것입니다.

당신은 내가 찾던 그 사람
지난날, 나는 당신과 함께
희망에 찬 삶을 보냈습니다.

당신의 몸은 당신만의 것이 아니었고
나 또한 그러했습니다.

당신의 눈, 얼굴, 빛나는 살결은
내게 기쁨을 주었고
당신은 그 대신
나의 가슴, 나의 두 손에서 기쁨을 가져갔습니다.

나는 당신과 말을 나누어서는 안 됩니다
나 홀로 앉아 있거나 혹은 외로이 잠 못 이루는
밤에 당신만을 생각해야 합니다.

나는 기다려야 합니다
당신을 다시 만나게 될 것을 믿으며
다시는 당신을 잃지 않겠다고 굳게 다짐합니다.

그대가 그리워지는 날에는

| 사포 |

오늘 나는 당신을 그리워합니다
함께 있지 못해서
더욱더 나는
당신과 함께 보냈던 행복한 날들을 떠올리면서
당신과 함께 보낼 멋진 날들을 고대하며
오늘 하루를 보냈습니다.

당신의 미소가 그립습니다
그 미소는 당신이 나를 사랑한다는
불분명하지만 숨길 수 없는
표현인 줄을 나는 알고 있습니다.

말은 하지 않지만 따스한 위안으로
모든 두려움을 녹여 주었습니다
그리고 당신의 그 미소는
깊고 진지한 사랑만이 줄 수 있는
행복감과 안도감을 아낌없이 나에게 주었습니다.

지금 당신의 손길이 그립습니다
어떤 손길보다도 더
따스하고 아늑한
그 부드러운 감촉
오늘 나는 당신을 그리워합니다.

당신은 나의 반쪽이므로
나 혼자서 내 삶을
살 수 있다고 해도
지금 내 삶은
우리의 모든 경험을
아낌없이 나누는 삶입니다.

사랑받지 못하여

| 레인 |

나는 온전한 외로움
나는 텅 빈 허공
나는 떠도는 구름

나에게는 형식이 없고
나에게는 끝이 없고
나에게는 안식이 없다

나에게는 집이 없고
나는 여러 곳을 지나간다
나는 무심한 바람이다

나는 물 위를 날아가는
흰 새
나는 수평선

나는 기슭에 닿지 못하는
파도

나는 모래 위에 밀어 올려진
빈 조개껍데기

나는 지붕 없는
오막살이를 비치는 달빛

나는 언덕 위 파헤쳐진 무덤 속의
잊힌 사자死者

나는 들통에 손수 물을 나르는
늙은 사나이

나는 공간을 건너가는
광선

나는 우주 밖으로 흘러가는
작은 별.

사랑한 뒤에

| 시먼즈 |

이제 헤어지다니, 이제 헤어져
다시는 만나지 못하게 되다니
영원히 끝나다니, 나와 그대
기쁨을 가지고, 또 슬픔을 지니고.

이제 우리 서로 사랑해서는 안 된다면
만남은 너무나, 너무나도 괴로운 일
지금까지는 만남이 즐거움이었으나
그 즐거움은 이미 지나가 버렸다.

우리 사랑, 이제 모두 끝났으면
만사를 끝내자, 아주 끝내자
나 지금까지 그대의 애인이었으면
새삼 친구로 굽힐 수야 없지 않은가.

사랑의 장터

| 따흐우엔 |

사랑의 장터, 그 따스한 밤은
장이 서는 날보다 더 열기로 들떠있다
등불도 없고 노점상 불빛도 없고
단지 감미로운 대화만 있을 뿐
서로 알고 있으면서도
어색한 우리는 친구가 된다
한 쌍, 한 쌍, 그리고 또 한 쌍.

꽃봉오리 같은 너와
꽃 같은 내가
별빛을 그리다가 그리움만 키워서
산도 누워버리고, 나도 눕는다.

봄밤은 부드러운 향기를 퍼뜨리고
숨이 차도록 너를 포옹하는 밤
아침이 밝으면 숲의 새가 지저귀고
풀잎에 맺힌 이슬방울 영롱하게 빛난다.

그날이 오면

| 하인리히 하이네 |

그리운 사람이여!
그대가 캄캄한 무덤 속에 누워있다면
나도 무덤으로 들어가
그대 곁에 누울 것이다.

그대에게 입 맞추고 껴안아 보지만
말없이 싸늘한 그대
환희에 온몸 떨며 기쁨의 눈물에 젖어
이 몸도 함께 주검이 될 것이다.

한밤의 많은 주검
서로 어울려 춤추지만
우리 두 사람은 무덤 속에서
서로 껴안고 어둠처럼 누워있을 것이다.

고통 속에서 기쁨 속에서
심판의 날에 주검을 떠나보낸다 해도
우리는 두려움 없이
서로 포옹하며 무덤 속에 남아있을 것이다.

나는 아직도 홀로 있다

| 부닌 |

밝은 봄 속에 화려한 봄
옛날처럼 내 눈을 바라보면서
왜 슬픔이 왔는지
말해다오.

하지만 아무 말도 할 수 없는
너는 작은 꽃송이
아무 말도 해서는 안 된다
이제 고백은 필요 없다
나는 그것이 이별의 애무였음을 안다.

나는 아직도 홀로 있다.

너를 꿈꾼다

| 헤르만 헤세 |

내가 잠자리에 들면 눈이 감기고
비 젖은 손가락으로 지붕을 두드릴 때면
수줍은 작은 사슴이여
고요히 꿈나라에서 너는 나에게로 다가온다.

나와 너는 항상 함께 걷고 헤엄치고
숲을 지나 강을 건너 시끄러운 동물들 사이를 지나서
별과 무지갯빛 구름을 헤치고
고향으로 향한다.

수많은 모습에 싸여
구름 속을 떠가는가 하면, 태양의 불꽃 속을 지나고
때로는 떨어지고, 손에 손을 잡고
함께 길을 간다.

아침이 오면 그 꿈은 사라지고
나는 깊은 내면에 잠긴다
그것은 내 속에 있으면서
언제나 내 것이 아니었다.

나의 그림자

| 스티븐슨 |

나를 따라다니는 그림자 하나 있다
그는 내가 생각하는 것 이상으로 쓸모있는 듯하다
무엇보다 발끝에서 머리까지 나를 빼닮았다
내가 잠자리에 들면, 그도 내 곁에 눕는다

그가 여름 나무처럼 자라는 것이 신기하다
제대로 자라지 못하는 아이들과는 비교할 수조차 없다
어떤 때는 공처럼 뛰어오르고
또 어떤 때는 너무 작아서 볼 수조차 없다

그는 어린아이들의 놀이를 모른다
그저 나를 놀리는 데 만족할 뿐이다
늘 내 곁에 붙어 있는 못난 겁쟁이다
내가 유모라면 곁에 있지 못하게 할 것이다

어느 날 잿빛으로 밝아오는 새벽에 일어난
나는 풀잎에 반짝이는 투명한 이슬을 보았다
그러나 내 그림자는 게으른 잠꾸러기여서
침대에 누워 깊이 잠들어 세상을 꿈꾸고 있었다.

서글픈 약속

| 에마 아키코 |

우리는
다정하게
바다 저쪽으로
가자고 했다.

아무에게도 알리지 말고
이곳을 떠나자
약속했다
당신은 언제나
파리.

나는 상아해안이 좋다고
희망봉이 좋다고
남미가 좋다고
말했다.

아아!
그 약속만은 해 놓자
악마는 우리를 갈라놓았다.

이제 당신은 돌아오지 않고
돌처럼 차갑게 가로누워서
나와의 약속을 지키려 하지 않는다.

다시 만나면

| 다무라 류이치 |

어디서 만났던가요
어디서
우리 만났던가요
죽음과 사이가 좋은 벗들
나의 오랜 벗들이
이 도시의 한낮에
그림자와 그림자는
잿빛 문으로 사라져버렸다
우리의 괴로운 추억도
도시의 커다란 환영 속에
사라져버렸다
그대는 추억을 잃어버린
나의 미소
나는 어디서인가
그대에게 속삭였던 일이 있었다

'괴로움은 웃음 짓고 있네.'

나에게는 사화산이 보인다
나에게는 섹시한 도시의 유리창이 보인다
나에게는 태양이 없는 질서가 보인다
나의 손바닥에서 메말라 죽은
농원의 오후
나의 이빨로
산산조각이 난 영원한 여름
나의 젖망울 밑에서 졸고 있는 지구
어두운 부분
어디서 만나 보았던가
나는 열일곱 살 앳된 소년이었다
나는
도시의 뒷골목을
휘젓고 다녔다
소나기!
나의 어깨를 두들기는 그림자

'여보, 지구는 여전히 그대로 있네!'

너와 함께라면

| 클레어 |

어둠이 내릴 무렵
세상의 모든 것은 침묵으로 고요하고
초승달이 얼굴을 하늘과 강에 살며시 내민다
우리가 지나는 오솔길 따라
동심초 나란히 피어 있는 호수는 거울처럼 밝다.

내 사랑하는 사람이여
어둠 속을 거니는 나에게
그대는 즐거운 환상을 속삭인다
이제 걸음 멈추고 나와 함께
대지의 고요 속에 피어 있는 꽃 꺾어
우리의 집으로 가져가기를 꿈꾼다
반짝이는 이슬이 떨어지지 않도록.

그대 메리, 너의 착한 마음이여
내일 밝은 해가 빛날 때
너는 그 까만 눈동자로 이 꽃을 볼 것이다
내가 슬픔 속에서 혼자 거니는 고요한 한때이지만
정녕 너와 함께 거닐고 싶다.

나는 꽃 속을 거닐었다

| 하이네 |

나는 꽃 속을 거닐었다
마음도 꽃도 활짝 열리어
나는 꿈꾸듯 거닐었다
한 걸음, 또 한 걸음 비틀거리면서.

아아, 내 사랑아! 나를 놓아서는 안 된다
그렇지 않으면 사랑의 열정에 못 이겨
너의 발밑에 쓰러질 것이다
사람들이 구경하는 정원에서.

꽃 피는 언덕에서 짓는 눈물

| W. 코이치 |

당신을 사랑합니다
흔들리는 바람에
살며시 떨어진 꽃에 파묻힌
구름이 보고 있습니다.

당신이 떠난 지
벌써 일 년의 세월이 흘렀습니다
오늘도 슬픔을 참고
당신에게 호소합니다.

다시 한번 나의 가슴으로
돌아와 달라고 눈물짓습니다
사뿐히 찾아올 먼 훗날의 꿈은
언제나 내 깊은 가슴 속에 자리 잡고 있습니다.

자주 꾸는 꿈

| 베를렌 |

이상하게도 가슴 벅차오르는 꿈을 나는 자주 꿉니다
내가 사랑하고, 나를 사랑해 주는
누군지도 모르는 꿈속의 여인입니다
볼 때마다 항상 다르지만, 그렇다고 전혀 다른 사람도 아닌
나를 사랑하고 나를 이해해 주는 여인입니다
내 마음은 그 여인에게만 환히 드러나 보입니다
내 마음은 그 여인만 알 수 있는 것이 됩니다
창백한 내 이마의 땀을 그 여인만이
그녀의 눈물로 깨끗이 닦아줄 수 있습니다.

그 여인의 머리카락 빛깔조차도
사실 모르고 있습니다
그 여인의 이름조차 생각해 낼 수가 없습니다
그것은 한결같은 사랑만 속삭이던 옛 연인들의 이름처럼
고운 소리를 가지고 있다고 말할 수밖에 없는
그 여인의 눈짓은 조각상의 그것과도 같습니다
그리고 멀리 끊어질 듯 그러나 엄숙하게 울려오는
지금은 입 다문 그리운 목소리를 듣는 것 같습니다.

어느 날 그이가 다시 온다면

| 메테를링크 |

어느 날 그이가 다시 온다면
그이에게 무슨 말을 해야 할까요?
그이에게 이렇게 말해 주세요
'무척 많이 기다렸다고…'

그이가 나를 알아보지 못하고
다시 묻는다면 무슨 말을 해야 할까요?
그이에게 내 반지를 돌려 달라고
아무 대답도 말고….

그이가 방이 왜 쓸쓸하냐고 묻는다면
그이에게 무슨 말을 해야 할까요!
그이에게 불 꺼진 등잔불과
열려 있는 문을 보여주세요.

그때 그이가 나에게 임종의 순간을 물으면
그이에게 무슨 말을 해야 할까요?
그이에게 이렇게 말해 주세요
찾아올까 봐 겁이 나서 내가 미소 짓더라고.

두 사람이 만날 때는

| 메리 해스켈 |

두 사람이 만날 때는
물가에 나란히 핀 백합과 같아야 합니다
봉오리를 오므리지 않은 채
금빛 수술을 온통 드러내 보여주는
호수를, 나무를, 하늘을 비추어내는
두 송이 백합처럼.

내가 당신에게 다가갔을 때
우리는 몇 시간이나 이야기를 나누었습니다
그대의 시간을
그토록 오래 차지하기 위해
무엇보다도
나는 당신을 향해 열려 있어야 합니다.

그리고 그대에게
드리는 것이 거짓 없는
나 자신이 아니면 안 됩니다.

두 개의 꽃다발

| 나왈루야띠 |

활짝 핀 꽃으로
꽃다발을 만들었다
그리고 우리는
저녁노을 지는 들을 지나서
즐거운 마음으로 돌아왔다

갈림길에서 우리는 헤어졌지만
꽃다발 쥔 손은 떨리고
우리가 서로 응시하는 사이
그 꽃다발은 두 개로 나누어졌다

네 손에 건네준 한 묶음의 꽃이 반으로 갈라지자
꽃다발을 꼭 쥐고 뛰어갔지, 그대는

결국 우리는 헤어졌지, 황혼 녘에
그대는 꽃만 가지고 떠났고
나에게는 그 향기만 남긴 채.

어느 날 저녁 외출하여

| 오든 |

어느 날 저녁 외출하여
브리스틀 거리를 거닐 때
포도 위의 군중은
수확 철 밀밭이었다.

넘칠듯한 강변을 거닐 때
한 여인이 철로 밑에서
노래하는 것을 나는 들었다
사랑은 영원하여라.

그러나 거리의 시계들 모두가
윙! 하고 돌면서 울리기 시작한다
아, 시간에 속으면 안 된다
너희는 시간을 정복할 수 없다.

이미 밤도 아주 깊었고
연인들도 돌아가 버렸다
시계도 이제는 울기를 멈추었고
강물은 깊숙이 변함없이 흐른다.

더 이상 헤매지 말자

| 바이런 |

이제는 더 이상 헤매지 말자
이토록 늦은 한밤중에
사랑은 가슴 속에 깃들고
지금도 달빛은 환하지만.

칼을 쓰면 칼집이 헤지고
정신을 쓰면 가슴이 헐고
심장도 숨을 쉬려면 쉬어야 하고
사랑도 때로는 쉬어야 한다.

밤은 사랑을 위해 있고
낮은 너무 빨리 돌아오지만
이제는 더 이상 헤매지 말자.
아련히 흐르는 달빛 사이를…

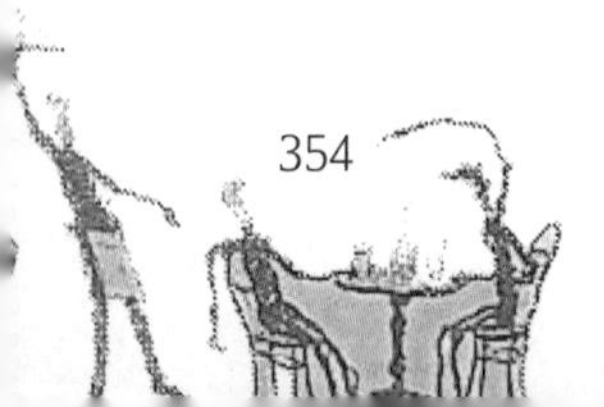

나를 기억해 주세요

| 크리스티나 로제티 |

내가 어디로인가 떠나고 없을 때
나를 기억해 주세요
아니면 머나먼 침묵의 골짜기로 아주 가버렸을 때
당신이 나를 품 안에 포옹하지 못하고
몸부림치지 못하게 될 때
우리의 미래에 대한 계획을 나에게
더 이상 말해 주지 못하게 될 때
나를 기억해 주세요
그런 경우라면 누구의 도움도 기도도
할 수 없다는 것을 당신은 알고 있으므로
나를 기억해 주세요
나를 잠시 잊어야 할 때가 있다면
다시 기억해 주세요. 너무 가슴 아파하지 마세요
차마 잊지 못해서 괴로워하는 것보다는
잠시 잊어버리고 웃는 것이 더 좋다는
옛날의 내 말대로 그런 생각을 하고
마음속의 어둠이 사라지게 되면 기억해 주세요.

얼굴에서 잎이 떨어진다

| 랑게 |

얼굴에서 잎이 떨어진다
그래도 나는 얼굴에서
고뇌와 비애를 느끼지 않는다
얼굴에서 먼지가 떨어진다.

너를 위한 나의 입
너의 모든 좋은 말
이제는 어떠한 침울도 권태도 없다
너를 위하여 바람에 부치는 웃음.

나의 침대 가까이에서
너의 숨결을 듣는다
나의 맥박이 지나가는 소리를 듣는다
너의 침대 가까이에서.

아아, 나는 깊은 꿈에 사로잡혀 있다
너의 머리카락이 이끼처럼 꽃 피고 있다
나는 너의 무릎 속으로 깊이 빠진다
아아! 나는 슬픈 눈물의 강을 건너고 있다.

나의 모든 것을 그대 손에

| 칼릴 지브란 |

지금부터
나의 모든 것을 그대 손에
내어 맡길 것입니다.

내가 하는 일마다
이해하고 존중하며
사랑해 주는
이를 만나게 된다면
그의 손에
나의 모든 것을 맡길 수 있음을

그가 나에게
자유를 주는 이유입니다.

사랑의 한숨

| 그라이프 |

장미꽃 피는 봄날에
홀로 쓸쓸하게 있는 것보다는
슬픔 속에 빠져 버리는 것이 더 좋으리라.

장미꽃 피는 봄날에
쓸쓸한 내 모습에 괴로워하기보다는
슬픔으로 타버리는 것이 더 좋으리라.

남자의 여자

| 엘뤼아르 |

그녀는 내 눈꺼풀 위에 서 있고
그녀의 머리카락은 내 머리카락 속에 있고
그녀는 내 손 모양을 지니고 있고
그녀는 내 눈 빛깔을 지니고 있고
그녀는 하늘의 보석처럼
내 그림자 속으로 자취를 감춘다
그녀는 늘 눈을 뜨고 있어
나를 잠들게 두지 않는다
대낮에 꾸는 그녀의 꿈들은
햇빛을 말리고
나를 웃게, 울게
아무 말 없이도 말하게 한다.

유대 계집 곁에 있던 어느 날 밤

| 보들레르 |

송장 옆에 가지런히 뉘어진 또 하나의 송장처럼
징글맞은 유대 계집 곁에 있던 어느 날 밤
그 팔린 육체 곁에서 내 욕정을 채울 수 없는
서글픈 미녀를 생각하기 시작했다.

추억만으로도 날 되살려 사랑케 하는
그 타고난 위풍과 힘과 우아한 아름다움으로
무장한 그녀의 눈길, 향기롭게 감싼
그 머리카락을 뇌리에 그려보았다.

만약, 그대 어느 날 저녁
오, 더없이 독살스러운 여인이여!
힘 안 들이고 얻은 눈물로 네 싸늘한 눈동자의
찬연한 빛을 흐르게만 할 수 있다면.

나는 욕정에 들떠 너의 고귀한 육체에 입 맞추고
싱싱한 발에서 검은 타래 머리에 이르기까지
깊은 애무의 보물을 펼쳐 나갈 것이다.

여러 번 나는

| 카로사 |

얼마나 여러 번 나는
고요한 잠에서 깨었던가
밝은 달이
방안 침상과 의자 위에 빛을 뿌리자
나는 창밖 먼 골짜기를 바라본다
꿈속에 서 있는 너의 집
나는 다시 더 깊은 잠 속으로 간다.

애가哀歌

| 프랑시스 잠 |

나는 클라라 텔레브즈 시절의
옛 잡지를 읽으려고
더운 저녁 무렵 보리수나무 밑을 찾는
지난날 기숙학교 여학생을 사랑했다.

나는 그 여학생만 사랑했다
지금도 내 가슴에는
그 여학생의 흰 목 언저리 푸른빛이 남아있다
그 아름다운 여학생은 어디에 있는가
도대체 행복은 어디에 모습을 감추었는가
그 여학생의 밝은 기숙사 방엔 나뭇가지들만 드리워 있다.

아직 죽지는 않았을까
아니, 우리 두 사람은 죽음을 기다리는 것일까
아주 오래된 큰 정원은
여름 마지막 날 찬 바람에
낙엽들로 가득 차 있다.

내 마음은

| S. 윌리엄스 |

내 마음은
그녀의 보드라운 장밋빛 손바닥에 놓인
물 한 방울
황홀한 침묵에 몸을 떨며
손바닥이 움직이는 대로 따라 움직인다.

내 마음은
그녀의 뜨거운 손에서
부서지는 붉은 장미 꽃잎
이제 최후의 향기를 토해내고
운명의 손아귀에서 사라진다.

내 마음은
증발해버린 구름 한 조각
태양을 따라 아름답게 변하고
그 품속에서 무지개를 만나며
끝내는 녹아내려 눈물로 변해 버린다.

마음의 풍경

| 보들레르 |

당신은 맑게 갠 가을의 장밋빛 아름다운 하늘
내 마음속에 슬픔이 바다처럼 밀려왔다가는
썰물에 그 쓸쓸한 진흙의 아린 추억을
내 침울한 입술 위에 남긴다.

너의 손길이 불안한 내 가슴을 스쳐도 헛된 일
그 손을 찾는 것은 사랑하는 이여
여자의 손톱과 사나운 이가 이미 할퀸 곳
나에게서 심장을 찾아서는 안 된다. 짐승이 먹은 것을.

내 가슴은 뭇사람에게 짓밟힌 궁전
거기서 취하고, 서로 죽이고, 머리를 맞대고 쥐어뜯자
열어젖힌 당신의 젖가슴에 향기가 감돈다.

오, 사랑스러운 사람이여! 영혼의 준엄한 징벌의 채찍이여
축제처럼 빛나는 네 눈으로 짐승들이 남겨놓은
이 고기 조각들을 재가 되도록 태워버려라.

마음의 교환

| 사무엘 콜리지 |

나는 내 사랑과 마음을 교환하였습니다
내 가슴에 그녀를 품었으나
왜 그런지, 나는
포플러 나뭇잎처럼 떨었습니다
그녀는 자기 아버지의 승낙을 받으라고 했습니다
그녀의 아버지를 만나며
나는 갈대처럼 떨었습니다
의젓하게 행동하려 했으나 그러하지 못했습니다
우리는 이미 마음을 나눈 사이인데도 말입니다.

몸도 마음도

| 요시노 히로시 |

몸은 마음과 같이 있기에
마음이 가는 곳마다 따라간다.

마음이 사랑하는 사람에게 갈 때
몸도 사랑하는 사람에게 간다
몸도 마음도.

깨끗한 마음을 격려받으면서
몸이 처음으로 사랑의 행위에
안내되었을 때
마음이 어찌할 바 몰라 하는 것을
몸은 놀라움으로 바라보았다.

머뭇머뭇하는 주저함을 벗고
몸이 더 강하게 되는 것을
마음은 우러러보았다. 종과 같이.

건강한 몸이 마음을 격려하면서
사랑의 행위를 되풀이할 때
마음이 뒤떨어져 주저하는 것을
몸은 놀라움으로 바라보았다.

마음은
몸과 함께이기에
몸이 가는 곳마다 따라간다
몸이 사랑하는 사람에게 갈 때
마음도 사랑하는 사람에게 간다
몸도 마음도.

마음의 무게

| 장 콕토 |

샘물이 흐른다. 개 주둥아리처럼 의젓하게
장미는 나의 기를 죽인 장미는 웃어본 적이 없다
나무는 서서 잔다
나무가 잡담하는 법은 없다
나무는 그림자에만 명령을 내린다
자거라. 그리고 푹 쉬어라
오늘 저녁이 되면 그림자는 나뭇가지에 올라가고
그래서 그들은 떠난다

사랑을 하는 사람은 벽에다 글을 쓴다
내가 내 마음을 볼 수 있다면
나는 너에게 미소를 던지지 못할 것이다
내 마음은 달도 없는 이 한밤의 일이 너무 힘들다
너를 깔고 누워서 나쁜 소식을 전하러 오는
내 마음이 달려오는 발길을
나는 굽어보고 있을 뿐이다.

마음이 무거울 때

| 릴케 |

지금 이 세상 어느 곳에서 울고 있는 그 사람은
까닭도 없이 이 세상에서 울고 있는데
나를 울리는 것이다.

지금 이 세상 어느 곳에서 웃고 있는 그 사람은
까닭도 없이 이 세상에서 웃고 있는데
내가 웃는 것이다.

지금 이 세상 어느 곳에서 거닐고 있는 그 사람은
까닭도 없이 이 세상에서 거닐고 있는데
나에게로 오는 것이다.

지금 이 세상 어느 곳에서 죽어가는 그 사람은
까닭도 없이 이 세상에서 죽어가는데
나를 바라보는 것이다.

내 마음의 상처

| 하이네 |

내 마음의 깊은 상처를
아름다운 꽃들이 안다면
함께 슬픔을 나누어 이 아픔을
치료해 줄 수 있었을 것이다

고통스럽게 아려오는 내 마음을
밤을 지새우는 나이팅게일 새가 알고 있다면
즐거운 노래를 불러서
나에게 용기를 주었을 것이다

나의 아픔을 알았다면
반짝이는 별들도
높은 하늘에서 내려와
다정하게 위로해 주었을 것이다

그렇지만 나의 아픔을
누구도 알지 못해 슬픔을 더 하지만
오직 알고 있는 사람은
나의 아픈 마음을 가둔 그녀뿐이다.

그대는 불꽃처럼 가냘프고 조촐하다

| 게오르게 |

그대는 불꽃처럼 가냘프고 조촐하다
그대는 아침처럼 연약하고 환하다
그대는 귀한 줄거리의 꽃 피는 나뭇가지
그대는 샘처럼 남몰래 맑게 스민다.

그대는 햇볕 쬐는 목장으로 날 따라와서
저녁 안개로 나를 적셔준다
그늘진 나의 길을 밝혀준다
그대 시원한 바람, 그대 뜨거운 숨결이여.

그대는 나의 희망, 나의 상념
나는 호흡할 때마다 그대를 숨 쉬고
나는 물이 필요할 때 그대를 마시고
그윽한 향기 속에서 그대와 입 맞춘다.

그대는 귀한 줄기의 꽃 피는 나뭇가지
그대는 샘처럼 남모르게 맑게 스민다
그대는 불꽃처럼 가냘프고 조촐하다
그대는 아침처럼 연약하고 환하다.

자살자의 마음

| 릴케 |

이젠 눈 깜박할 사이
사람들은 언제나 내 줄을
끊어버리곤 한다
이번에는 잘 준비했다
그러나 이미 나의 오장五臟에는
너무나 많은 것들이 깃들어 있다.

사람들은 나에게 수저를 내밀고 있다
그 생명의 수저를
나는 더 이상의 것을 바라지 않는다
내 일은 나에게 맡겼다고.

나는 안다. 인생이란 준비된 것, 착한 것이다
그리고 세계는 가득히 차 있는 도가니 같은 것
하지만 내 핏속까지 찾아 들진 못한다
머릿속에 기억으로 남을 뿐이다.

당신과 함께 살아서는 안 됩니다

| 디킨슨 |

당신과 함께 살아서는 안 됩니다
그것이 인생이란 것이겠지요
그렇지만 인생은 저쪽 선반 뒤에 있습니다.

무덤지기가 열쇠를 가지고
돌보고 있습니다
두 사람의 인생을
마치 자기의 도자기처럼 말입니다.

당신과 함께 죽을 수는 없습니다
상대편의 눈을 감기기 위하여
한쪽 편이 기다리지 않으면 안 되기에
그런 일은 당신에게 무리입니다.

하지만 나로서야 어찌 당신이
싸늘하게 되는 것을 곁에서 보고만 있을 수 있겠습니까
죽음의 특권이
그 서릿발 같은 권리가 나에는 없습니다.

당신과는 함께 다시 살 수도 없습니다
당신의 교만한 얼굴이
예수님의 얼굴을 가리기 때문에
그 새로운 은혜도 감당하기 어렵습니다.

내 지난날의 그리운 눈에는
모든 것이 서먹서먹한 것이 되어버립니다
그분이 아니라, 바로 당신 자신이
내 곁에서 비춰줄 따름입니다.

세상에서는 두 사람을 어떻게 볼까요
당신은 천국을 위해 봉사한 분이라고
모름지기 그것을 원해 오셨음을 알지만
나는 그렇게 할 수 없었습니다.

만일 당신이 구원받지 못한다면 나와 다름없습니다
아무리 내 이름이
천국의 명성에
드높이 울려 퍼진다 해도

만일 당신이 구원받고
당신이 없는 세상에
나만 홀로 놓여 있다면
그런 신세야말로 지옥이나 마찬가지입니다.

그러니 서로 헤어져 있어야 합니다
당신은 거기에, 나는 여기에 그저 문만 열어 놓은 채
여기저기 바다를 사이에 두고 기도만 드릴 뿐
거기, 절망이라는 생의 양식만으로 만족해야 합니다.

하루의 표정

| 커밍즈 |

시간이 별을 몰아내면서 새벽이 온다
하늘의 거리로 빛이 걸어온다.

땅 위에 촛불이 꺼지고 도시는 눈 뜬다
입에는 노래를 눈에는 죽음을 간직하면서.

그리고 새벽이 온다
세상은 꿈을 죽이려 나선다.

억센 사내들이 빵을 모으고 있는 거리가 보인다
그리고 사람들의 짐승 같은 얼굴들이 보인다
만족해하며 절망하고 행복한.

그리고는 낮의 발걸음이 빠르다
거울 속에 가냘픈 사내가 꿈꾸는 거울을 본다
꿈을, 거울 속의 꿈을.

그리고
황혼이 온다, 땅 위엔.

촛불이 켜지고 어둠이 온다
사람들은 집 안에 있고 가난한 사내는 잠자리에 들었다.

도시는
입 언저리에 죽음을, 눈에 노래를 띄우며 잠든다.

시간이 내려온다, 별을 켜 들고
하늘의 거리를 밤이 걷는다.

말

| 폴렝 |

벌레들이 좀먹은
옛날 탁자 앞에서
사람들은 가짜 사랑을 말하고 있다
아궁이에서는 쇠 부지깽이가 뜨겁게 달고
강낭콩이 익어가고 있다
그러자 열린 문으로부터
경험에서 얻은 문장文章이 통제하는
달콤한 인간의 낱말들 앞에서
나뭇잎과 그리고
붉고 파란 목을 한 새들의 아름다움이
빛나고 있었다.

말의 힘

| 자이델 |

말에는 힘이 있다
달걀 속의 병아리같이
밀 속의 빵같이
피리 속의 소리같이
돌 속의 광석같이
술 속의 취기같이
핏속의 생명같이
구름 속의 홍수같이
화살 맞은 죽음같이
인간이 말하기 전에
말에 넘어질라, 조심하라.

시詩

| 엘뤼아르 |

나는 본다
그 여인의 손이 또다시
그 빛을 찾고
비 내린 후의 꽃잎과도 같이
생기 띄어 일어나 오는 것을.

그녀의 손가락에서 일어나는 불꽃은
천상의 불꽃을 구하고
꽃잎 그늘에
대지大地 위에
새들의 부리 속에서 만들어지는
사랑의 숨길이 불꽃으로 인하여
지난날들의 나에게 되돌려진다.

지금 내가 만들고자 힘쓰고 있는
이 초상은 누구의 모습일까?
그것은 다름 아닌 나의 잊히지 않는 추억
지난날 열정의 모든 것

아직도 깨닫지 못한 가지가지의 꿈들
내가 아직 알지 못하였던
하얀 힘의 그 모든 것이 아닐까?

나는 이미 그녀를 사랑하지 않는다고 생각하며
나 스스로 어둠 속에서 살아오고 말았다
그동안 그녀는 이곳저곳을 자유롭게 다니고 있어
그런데 지금 나는 또다시
눈앞에 보고 있다
그리고 그녀의 지평선을 정하고 있다.

어느 오후의 한때

| 에밀 베라렝 |

나는 잠든 듯 고요한 숲에서 나왔다
그 아기자기하게 뒤얽힌 나뭇가지들과
그 그늘로
가슴에 벅찬 아침 해에서
먼 곳에 당신을 두고 온 것이
마음에 걸린다.

푸른 이끼와 해바라기는
이미 햇빛에 빛나고 있다
나는 빛을 받으며 정원으로 나섰다
영롱한 울림을 지닌
수정과 은銀과 같은 청명한
시詩 생각에 잠기면서.

당신에게 기쁨과
당신을 아침 잠자리에서 일으키고자 채근하기 위하여
나는 당신이 있는 곳으로 돌아간다
울창함이 우거진 듯, 깊이 잠든 그늘에

나의 사념은 아득하고
잠을 깨우듯이
서두는 마음으로 몹시
가슴 졸이며.

고요와 그늘이 그윽하게 자리 잡은
훈훈한 집안에서 당신 곁으로
다가서면
나의 즐거운 입맞춤이
나의 허물없는 입맞춤이
도시 아침의 노래와도 같이
당신 속 깊은 곳까지
울려간다.

황금 시간에

| H·D |

저기 물 위에 황금빛이 어리는데
나는 어찌하여 늙고, 세월은 어찌하여 흘렀을까.

나는 내 나이도 모르고, 당신의 나이도 모른다
또 당신이 언제 죽을지도 모른다
다만 당신의 꿋꿋해진, 깰 줄 모르는
눈망울이 유난스럽던 것을 알고 있을 뿐이다.

그리고는 다른 눈이 호박색으로 불타는
내 눈을 맞아준다. 눈 속에 비치는 것도
예전과 같지 않았다.

이제 나는 늙었다
나의 차디찬 손은 떨리는 어깨에 두른
숄을 힘껏 잡아본다.

나에게는 이 무서운 추위를 견디어 낼
힘이 없다. 몸은 이렇게 약해지고
마구 떨린다. 늙었는가 보다.

그렇다면 나는 누구일까, 나는 왜 여기서
기다릴까. 나는 무엇을 잃었을까
아무것도, 모든 것, 온갖 것을 잃었다.

하지만, 이것만은 지니고 있었다.
성스러운 연못에 보이는 영상을
나리꽃 줄기에서 꽃을 꺾어
파라오|고대 이집트의 왕| 영상일지도 모르는 것을
망칠까 머뭇거리는 손만은 남아있다.

열등생

| 프레베르 |

그는 머리를 흔들며 아니라고 한다
하지만 그는 마음으로 그렇다고 한다
그는 그가 사랑하는 것을 그렇다고 한다
그는 선생님에게는 아니라고 한다
그는 서 있을 뿐이다
그는 질문을 받는다
그리고 모든 문제가 출제된다
갑자기 그는 미칠듯한 웃음에 사로잡힌다
그리고는 모든 것을 지워버린다
숫자數字와 낱말을
일자日字와 이름을
문장文章과 함정을
그리고는 선생의 위협에도 불구하고
이상스러운 애들의 고성 소리에
가지가지 빛깔의 분필을 들고
불행의 흑판 위에
그는 행복의 얼굴을 그린다.

무제 · 세라 휘느

| 하이네 |

고요한 바닷가에
밤이 슬그머니 찾아왔다
달은 구름 사이로 흘러
물결 속에서 속삭이는 소리가 난다.

'저기 서 있는 사람은 바보가
아니면, 사랑을 고백하는 것일까
저렇게 슬픈 듯 즐거운 얼굴을 하고.'

그때 달이 바로 위에서 껄껄 웃으며
환한 목소리로 말을 걸어왔다
네가 나를 사랑하고 있다는 것을 알고 있었다.

예전부터 알고 있었지
그러나 네 입을 통해 직접 들었을 때
나는 깊은 놀라움을 느끼지 않을 수 없었다.

나는 산으로 황급히 달려 올라가
소리 높이 외치며 황홀한 노래를 불렀다
나는 또다시 바닷가로 흘러가서
저녁해를 바라보며 울었다.

내 마음은 해처럼
빨갛게 불타고 있었다
그리하여 사랑의 바닷속으로
커다랗게 아름답게 잠기었다.

이 바위 위에서 우리는
지금껏 존재하지 않은 제 삶의
새로운 성서에 의한 교회를 세우자
모든 괴로움은 이미 끝났다.

오랫동안 우리를 괴롭힌
이원二元의 세계는 극한의 것이었다
어리석은 육체의 고통과 학대는
마침내 종말을 맞게 되었다.

어두운 바닷속의 너는 하느님의 음성을 듣지 않겠는가
수천 가지의 음성으로 하느님은 말하고 있다
우리의 머리 위 높은 곳에서 빛나는
하느님의 수천 가지 빛을 너는 보지 않겠는가.

성스러운 하느님은 빛 속에도
어둠 속에도 계신다
하느님은 존재하는 일체이다
하느님은 우리의 키스 속에도 계신다.

가난한 사람들의 죽음

| 보들레르 |

위안을 주는 것, 살아가는 것도 죽음
그것이 인생의 목표이며, 유일한 희망이다
그 희망이 영약처럼 기운이 치밀어 취하게 하며
우리에게 저녁때까지 걸어갈 기운을 주는 것.

그것은 폭풍, 그리고 눈과 거리를 가로질러
우리의 지평선에서 진동하는 광명이다
그것이 앉아서 먹고 잠잘 수 있는
성서聖書에 기록된 유명한 주막인 것을.

그것은 손가락으로 잠과
황홀한 꿈의 선물을 쥐고 있는 천사로
가난하고 헐벗은 사람들에게 잠자리를 마련해 주는 것.

그것은 신들의 영광, 신비로운 곳간
가난뱅이의 밑천이며 태고 이래의 조국
미지의 천상계天上界로 열린 회랑의 문인 것을.

인간의 영토

| 폴렝 |

영원한 인간은 그의 땅을
경작하며 시간을 한탄한다
밀과 포도나무의 공급자
어느 날은 참혹한 태양
또 다른 날은 부드러운 시원함이
집에서는 자랑스러운 육체를 가진
어느 부인의 밥상을 보고
빵을 쪼개면서 끝없이 그녀를 따르고
광인狂人은 해묵은 한숨을 삼킨다.

영혼의 인사

| 괴테 |

오랜 옛 탑 위로 드높이
한 영웅의 거룩한 석상이 서 있다
지나가는 배를 내려다보고
먼 항해의 뱃길을 빌어주고 있다.

'보라. 이 두 다리는 늠름하고
마음과 육체는 씩씩하고 굳세다
뼛속에서는 기사騎士의 뜻이 넘치고
술은 잔 속에 넘치고 있었다.

반평생은 파란만장하게 지냈고
또한 반평생은 한가한 삶을 살았다
저기 작은 배처럼 가는 이여
잘 가거라, 중도에 쉬는 일 없이.

천사의 등

| 장 콕토 |

꿈속의 헛된 거리
그리고 이 거짓 나팔은
하늘에서 온 천사가
저질러 놓은 거짓말.

그것이 꿈이건 아니건 간에
위에서 내려다보면
거짓임을 알게 된다.

천사들은 꼽추이기에
적어도 내 방의 벽에 비치는
그들의 그림자는 꼽추다.

살인자의 술

| 보들레르 |

아내는 죽었다. 이제 난 자유다!
그러니 실컷 마실 수 있지
전에는 한 푼 없이 돌아올 때면
그년 고함에 신경이 갈기갈기 찢겼다.

이제 난 왕처럼 행복하다
공기는 맑고, 하늘은 회한에 차 있다
내가 그년에게 반하게 된 것도
이런 여름철이었다.

가슴을 찢는 듯한 이 지독한 갈증
그걸 풀려면 아마도
그년 무덤을 채울 만큼의
술이 필요하리라.

실은 내가 그년을 우물에 던졌다
그리고 그 위에다 우물 가장자리의
돌들을 모조리 던져 넣기까지 했다.
잊을 수 있다면 잊고 싶다.

그 무엇으로도 우리를 떼어놓을 수 없는
우리 사랑의 맹세를 위하여
사랑의 도취에 빠진 멋진 시절처럼
다시 화해하기 위하여.

난 그날 밤 그년에게 컴컴한
길가에서 만나자고 애원했다
마침내 그년이 왔다. 그 미친 것이
사실 우리는 모두 미쳤었다.

무척 지친 꼴이었지만, 그년은
아직도 변함없이 예뻤다. 그리고 난 또
너무나 그년을 사랑했다. 그래서
난 외쳤다. "어서 이승에서 꺼져라!" 라고.

세상에 내 마음을 이해할 놈 아무도 없어
이 머저리 같은 주정뱅이 중에 단 한 놈이라도
병에 찌든 밤마다 술로 수의를 입을
그런 생각을 한 적이 있었던가?

쇠로 만든 기계인 양
불사신의 이 불한당은
여름이건, 겨울이건, 일찍이
참사랑을 한 적이 없었다.

그 엉큼하게 유혹하는 마술이며
다급한 아비규환 불안의 연속
그 독약의 병들이며, 눈물
쇠사슬과 해골이 부딪치는 사랑을!

이제 난 자유롭고 외톨이다
오늘 밤 난 죽도록 취할 것이다
두려움도 회한도 없이
땅바닥에 벌렁 누울 것이다.

그리곤 개처럼 잠들리라
돌이며 진흙 따위를 가득 실은
육중한 바퀴의 달구지이건
미친 듯 질주하는 화차건.

죄 많은 내 머리를 짓이기던
허리를 동강 내도 무방하다
난 신이든, 악마이든 간에
그깟 일, 내 안중에 없다.

포도주의 혼

| 보들레르 |

어느 날 밤, 포도주의 혼이 병 속에서 노래했다
'인간이여, 용서할 수 없는 자손들이여. 내 유리 감옥과 주홍빛 봉랍 아래서 널 위해 광명과 우애 넘치는 노래를 불러 주마.'

이미 나는 알고 있었다. 내 생명을 탄생시키고 나에게 혼을 주려면 얼마나 많은 수고와 땀이 필요하며, 얼마나 많이 햇볕에 불타야 하는가를. 하지만 나는 은혜를 저버리는 자도 악당도 되지 않을 것이다.

내가 일에 지쳐 기진맥진한 인간의 몸속으로 세상 밖으로 흘러내릴 땐 굉장한 기쁨을 느낀다. 너의 더운 가슴은 내 서늘한 지하 술 창고보다 더 좋은 무덤이니까.

식물성의 주신酒神이며, 씨 뿌리는 자가 던진 귀중한 씨앗인 나, 네 품 안으로 흘러들 것이다. 우리 둘의 사랑에서, 아름다운 한 송이 꽃처럼 신神에게로 솟구치는 시詩가 태어나도록.

원수

| 보들레르 |

내 젊음은 온통 캄캄한 뇌우였다
여기저기에 뜨거운 여우볕이 쏟아졌다
때로는 천둥과 빗발이 몰아치더니
내 정원에는 빨간 잎 몇 개가 남아있을 뿐이다.

지금 나는 상념의 가을에 머물러
삽과 갈고리로 다시 시작해야 할 때이다
홍수가 지나간 땅에 묘혈처럼 곳곳에
커다란 웅덩이를 파 놓았기 때문이다.

누가 알까. 내가 꿈꾸는 새로운 꽃들이
모래톱처럼 씻긴 이 흙 속에서
활력이 될 신비의 자양분을 얻을지 말이다.

오! 괴로운 나날이여. 시간은
생명을 먹고, 우리의 가슴을 갉는 원수는
내가 잃은 피로 자라며, 더욱 극성을 부린다.

결투

| 보들레르 |

두 전사가 달려들어 육탄전으로 맞붙었다
두 전사의 무기가 공중에서 번득거리며 피를 뿌렸다
그 놀이, 쇠 부딪치는 소리는
울부짖는 사랑에 사로잡힌 청춘의 소동.

검은 부러졌다, 우리의 젊음이 그렇듯
내 여인이여! 이와 날 선 손톱들이
곧 배신의 검과 단검이 설욕할 것이다
멍든 사랑으로 무르익은 가슴의 광란!

살쾡이와 표범들 드나드는 깊은 산골짜기로
투사들이 서로 껴안고 굴러떨어져
그들의 살갗은 메마른 가시덤불을 피로 꽃피우리.

이 구렁텅이, 이것이 우리 친구들이 들끓는 지옥인 것을
비정의 여장부여, 여한 없이 굴러떨어지자
증오의 열정을 영구히 불사르도록!

옥중에서

| 아폴리네르 |

이 옥중에서 이미 나는 스스로
자신을 느낄 수 없고
지금 나는 11호실에
15번이라는 명패를 달고 있다.

해는 유리창을 통해서 스며들고
그 빛은 나의 시詩 원고原稿 위에서
춤추고 있네
꼭두각시와도 같이.

나의 귀에 들려오는 것
그 누구인지
천장으로
곤두박질한다.

한 마리 곰과도 같이
아침마다 나는
진흙 웅덩이를 거닐고 있다.

지겹고도 또 지루한
좁은 이 울안에서
맴돌이하는 것
하늘은 몸에 감긴 사슬과도 같이.

푸르기만 한데
한 마리 곰처럼
나는 진흙 속을
아침마다 거닐고 있네.

옆 감방에서는
분수가 물을 뿜듯이 소변보는 소리
간수가 오고 가는데
달그락거리는 열쇠 뭉치 소리
옆 감방에서는
분수가 물을 뿜는 듯이 소변보는 소리.

사람 사는 사바娑婆에서 들려오는 소리에
내 귀 기울이고
시야를 빼앗긴 수인囚人인 나에게는
가슴에 솟구치는 푸른 하늘과
감옥의 메마른 벽돌 담만 보일 뿐.

이곳에도 하루의 해가 저물어 가고
옥중에도 호야 램프에 불이 깃들고
감방에서 우리는 외로움을 안고
아름다운 광명이여
정든 지혜여.

불과 얼음

| 프로스트 |

세계는 불로 끝난다는 사람도 있고
얼음으로 끝난다는 사람도 있다
내가 맛본 욕망을 두고 말한다면
불이라고 말하는 사람들과 나는 같은 생각이다
그러나 세계가 두 번 망한다면
파괴를 위해서는 얼음도 큰 힘을 발휘하며
만족하리라고 말할 만큼
증오에 대해서도
나는 알고 있다고 생각한다.

침묵이라는 교훈

| 라이오넬 존슨 |

고독이 주는 슬픔, 적막에 휩싸이는 행복
가슴 아픈 하루하루, 나는 그 모든 것을 안다
흔들리는 신앙, 고뇌에 찬 희망
투명한 꽃, 나는 그 모든 것을 안다.

때때로 불어오는 바람이 나를 슬프게 하고
별과 달이 불안에 떨게 한다
바다에 물결치는 번뇌
황량한 들녘의 탄식이 더 아름답다.

미학美學

| 라포로즈 |

나는 성숙한 여자와 소녀 같은 아가씨
모든 계층의 여성을 상대해 보았다
쉬운 여자와 어려운 여자들이 있음을 알았다
그리고 이에 대한 내 의견이 있다.

그녀들은 다양하게 옷을 입은 꽃들과 같다
시간 속에서 거만하기도 하고 외롭기도 하며
아무리 떠들고 소리쳐도 효과가 없다
우리는 즐기고 여자는 남는다.

그녀들은 붙잡거나 화내거나 하지 못하고
그녀들의 아름다움을 발견해 주기를 바라며
헐떡이며 말하고 반복하기를 원하며
우리가 그녀들을 그렇게 사용하기를 바란다.

약속과 반지에 대해서는 걱정하지 말고
그녀들이 우리에게 주는 적은 대가를 즐기며
우리의 존경은 막연하고
그녀들의 눈빛은 건방지고 의미가 없다.

꺾어라, 희망도 소용없이
장미는 꽃 핀 뒤에 육체는 늙는다
오! 될수록 많은 음계를 높여라
그 밖에 다른 것은 또 무엇이 있겠는가.

어떤 포옹

| 가다세 히로코 |

단단히 닫혀 있는 살을 밀면서
새벽은 달려들었다.

그 사람은 아주 부드럽게
더할 나위 없이 거칠게 나를 가쁘게 했다
일이 시작되면, 언제나 그 사람은
요정처럼 가볍게
포옹 도중에 모습을 감추는 것이었다.

나는 술빛는 돌절구 속에서
널브러지는 포도의 봉우리
등허리를 빛내며 굽이치듯
다리를 적시는 한발의 거센 물결.

첼로의 흐름 속에 불타는 금강석
마침내 몸을 떠는 빛의 불꽃이었다.

심장처럼 빨갛게

| 다케나카 이쿠 |

그 소녀는
참새처럼
소리를 내며
골목길을 재롱재롱
걸어오는 버릇이 있다
그럴 때마다
나의 창문은
재빠르게 감전이 되어
심장처럼 떨리기만 한다
그 소녀는
매일 아침
내가 이불 속에 누워있을 때
일하러 출근한다
그 소녀가
돌아올 때면
나에게는
그때가 아침이다.

밀회

| 브라우닝 |

회색의 바다, 한없이 어두운 언덕
금방 지려 하는 크고 노란 반달
잔물결은 잠에서 깨어나
둥근 고리 이루며 불꽃처럼 흩어진다
나는 조각배를 몰아 샛강을 흘러서
물에 젖은 갯벌에서 배를 멈춘다
바다 향기 그윽한 따스한 갯벌을 지나서
들판을 세 번 건너 농가에 이른다
가벼이 창을 두드리면, 이어 성냥 켜는 소리
타오르는 파란 불꽃
목소리는 두 사람의 심장 합친 소리보다 낮고
기쁨과 두려움으로 마냥 설렌다.

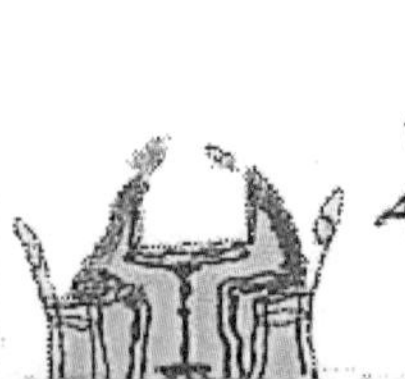

내가 쓴 문법

| 하이네 |

꿈쩍하지도 않고
별은 높은 곳에서
수천 년을 서서
사랑의 아픔을 간직하고 서로 보고 있다.

별이 주고받는 말은
수없이 아름답다
그러나 언어학자 누구 한 사람
이 말을 풀지 못한다.

그러나 나는 이것을 배워
지금껏 잊지 못한다
내가 쓴 문법은
가장 사랑하는 사람의 얼굴.

열한 시

| 요르겐센 |

너는 해 질 무렵
저녁 어둠이 드리울 때 왔다
하지만 아무런 두려움도 없이
나와 함께 떠날 각오가 되어 있었다.

너는 전혀 알지 못했다
네가 가야 할 길이 어디인지
다만 네가 알고 있는 것은
내 친구가 되고 싶다는 것뿐이었다.

너는 성에 낀 창 옆에서
네가 있어야 할 장소를 발견하였다
나는 일찍부터 그곳에 혼자 앉아 있었다
이제 우리는 둘이서 앉아 있다.

그리고 별들이 하늘에 켜지면
너는 볼 것이다
빛나는 밤하늘의 모든 별을
우리 집에서.

그리고 지금 우리는 듣는다
열한 시를 알리는 시계 소리를
나는 알고 있다, 네가 마지막까지
나와 함께 갈 결심이라는 사실을.

정욕情慾

| 카로사 |

사랑은 마지막 굴절을 요구하고
나는 거친 소리를 믿게 된다
생식의 깊은 두려움 속에서도
나는 느낀다 그리움을. 나는 예감한다 단계를.

나는 끝내 파도가 되어서
짐승의 도취 속에서 흘러 내려갈 것이다
때로는 완전히 풀어진 흙에서
별이 모습을 나타낼 수 있을 것이다.

정신은 황급히 무릎 위로 내려와서
거기서 정욕에 휘감긴다
심령 위에 작렬하는 커다란
그림자가 덮여서 가려진다.

그러면 우리의 떨림이 가라앉고
나는 회복되어 세상으로 돌아간다
생산한 자는 슬픔에 잠기며
그 슬픔에서 본질이 우러나온다.

그 본질에는 하늘이 열려 있다
그것은 희미한 데서 빛의 힘을 끌어낸다
신성神性의 순수한 소재로서
새로운 생식을 할 것이다.

향락의 벌거벗은 해변에서는
금으로 만든 뱀이 금시 녹아서
밝은 화염에 둘러싸여
새가 되어서 아침 하늘을 난다.

사랑하며 나는 여인의 곁을 벗어나
기쁨의 물결을 흘려보낸다
내 몸속의 결정체에
서서히 광명을 가지게 한다.

클레오파트라와 안토니오

| 에레디아 |

두 사람은 침대 위에서 몸을 맞대어 보았으나
밤보다 더 깊은 하늘 아래 잠드는 이집트
검은 삼각주를 가로질러 부바스터로, 아니면
사이스로 흘러가는 나일강의 황폐함.

무쇠 갑옷 입은 운명의 로마 장군 안토니오
지금은 매혹적인 육체의 포로가 되어
두 팔에 안긴 여인을 사랑의 눈빛으로
잠든 아기를 보듯 보듬고 있다.

짙은 사향 냄새 같은 체취에 취한
밤색 머리 사이로 하얀 얼굴 비치면
여인은 바다 빛 눈매와 입술을 적신다.

이제 여인을 바라보는 장군의 가슴은 불붙고
별들이 숨바꼭질하는 찬란한 바다에
지나가는 가엾은 배를 보는 아련함이 넘실거렸다.

부정不貞한 유부녀

| 로르카 |

나는 여자를 강에 데리고 갔다
진짜 숫처녀인 줄 믿었었는데, 남편이 있었다
그것은 산티아고의 밤에 있었던 일이었고
완전히 합의를 본 뒤의 일이었다
촛불이 꺼지자 반딧불이들이 등불을 켰다
마지막 모서리에서 여자의 잠든 유방에 손을 대자
재빨리 나를 위해 열렸다
마치 히아신스의 잔가지처럼
나의 귓가에서 여자의 풀 먹인 페티코트가 울고 있었다
마치 열 자루의 칼로 한 폭 비단을 찢는 것처럼
은빛조차 비춰들지 않는 숲속에서
나무들의 모습이 커졌다
그리고 강 건너 저 먼 곳에서는
개들이 지평선에 대고 짖었다

떨기 가시를 치우고 동심초와 산사나무 사이를 피하여
여자의 머리카락 풀밭 아래서
나는 흙탕 위를 오목하게 만들었다
나는 넥타이를 풀었다. 여자는 옷을 벗어 던졌다
나는 권총 달린 허리띠를, 여자는 넉 장의 옷을 벗었다
나르드나무도 조갯살도
이렇듯 부드러운 살결일 수는 없다
달빛을 받은 수정도 이렇듯 아름답게 빛날 수는 없다
갑자기 습격당한 물고기처럼
여자의 허벅지가 내 아래서 도망치고 있었다
반은 불길이 되어 타오르고 반은 싸늘하게 얼어서
그날 밤에 나는 재갈도 먹이지 않고 투구도 쓰지 않고
진주조개의 젊은 망아지를 몰아
더할 나위 없는 쾌적한 길을 달리게 하였다

여자가 내게 뭐라고 하였는지
나는 남자로서 말하고 싶지 않다
분별의 빛이 나를 아주 신중히 하도록 한 것이다
나는 입맞춤과 모래로 더러워진 여자를
강에서 데리고 돌아왔다
백합화가 바람에 불려 잘리고 있었다
나는 나답게 행동하였다
늠름한 집시가 그렇게 하듯이
밀짚 색 비단 천으로 만든 큼직한 재봉 상자를 보냈으나
여자에게 반할 생각은 터럭만큼도 없었다
아무렴, 내가 강으로 데리고 갈 때
버젓이 남편이 있으면서도
숫처녀라고 우긴 여자인데 마음이 끌리겠는가.

주막집 아가씨

| 울란트 |

세 젊은이가 라인강을 건너서
어느 여주인의 주막집에 들렀다.

"아주머니, 맛 좋은 맥주와 술이 있나요?
어여쁜 따님은 어디 있나요."

"우리 집 맥주와 술은 맛이 좋지만
내 딸은 관 속에 누워 잠자고 있어요."

세 젊은이가 방 안에 들어가 보니
아가씨는 검은 관 속에 눕혀져 있었다.

"아아, 아름다운 아가씨야, 네가 살아있었다면
이제부터 사랑해 줄 마음이었는데."

두 번째 젊은이는 베일을 덮으며
얼굴을 돌리면서 눈물을 흘렸다.

"아아, 네가 관 속에 누워있다니
나는 너를 예전부터 좋아했는데."

세 번째 젊은이는 베일을 젖히면서
아가씨의 창백한 입술에 키스했다.

"나는 너를 지금까지 사랑하였다.
지금 네가 죽어 누워있지만, 그래도 사랑한다."

여인의 방

| 무라노 시로 |

창문이
책갈피처럼
방긋이 열려 있다
여인은 어디로 가고.

경대 앞에
반짝이는 커다란 머리핀
방안에는
검은색 철제 악보 대
이끼 낀 악궁이
어지러이 널려 있다.

무엇인지 방안에서
나를 꾸짖는 듯한
인상으로 가득 찬 것이
이 눈에
번득 비치어 온다.

여자의 손

| 슈토름 |

한 마디 탄식하는 말조차도
그대의 입술에서는 흘러나오지 않는다
그러나 온화한 입가에 숨겨진 그대의 마음은
그 창백한 손이 숨김없이 말해 주고 있다.

내 눈동자가 계속 향하고 있는 그대의 손은
슬픔의 그림자를 쥐고 있다
졸음조차 찾아오지 못하는 밤에
고뇌에 찬 가슴에 쌓인 추억을 생각하게 한다.

여자의 육체

| 네루다 |

여자의 육체여, 흰 언덕이여, 흰 허벅지여
하늘이 준 네 모습은 이 세상과 비슷하다
건장한 농부인 내 육체는 그 괭이로
대지의 깊은 곳에서 자식을 파낸다.

새들은 나에게서 도망쳤고, 나는 늪처럼 고독했다
밤은 무서운 힘으로 나에게 덤벼들었다
살아남기 위해서 나는 너를 무기처럼 단련하였고
이제 너는 내 활의 화살이 되어 나를 섬긴다.

하지만 복수의 때가 지나, 나는 너를 사랑한다.
매끄러운 살결과 이끼와 유방이 있는 탐욕의 육체여
아아, 항아리 같은 유방, 아아, 얼빠진 듯한 그 눈
아아, 불두덩의 장미, 네 야릇한 신음하는 소리.

여자의 육체여! 나는 네 매력에 포로가 된다
목마른 끝없는 욕망, 종착지 없는 길
어두컴컴한 강바닥, 거기에 영원한 목마름이 흐르고
피로가 흐르고 끝없는 고뇌가 계속되고 있다.

수태受胎

| 카로사 |

우리가 가슴에 가슴을 맞대고 숨을 내쉴 때마다
태어나지 않은 영혼이 우리에게 찾아온다
격랑과 같은 정욕의 물결과 함께
그들은 생명을 얻고자 한다.

장난과 입맞춤과 진정한 향락으로
하룻밤을 꿈속같이
맑은 아침은 신선한 기쁨을 불러온다
이윽고 새로운 생生이 잠에서 깨어.

눈과 눈을 마주 보고자 한다
그대는 느끼는가, 우리의 내밀한 곳에서 싹트는 것을
새로운 태양은 우리를 향하여
그의 뜻을 배반하지 않았는가 고백하게 한다.

여자의 일생

| 로랑생 |

따분한 여자보다 불쌍한 것은 슬픈 여자입니다
슬픈 여자보다 불쌍한 것은 불행한 여자입니다
불행한 여자보다 불쌍한 것은 병든 여자입니다
병든 여자보다 불쌍한 것은 버림받은 여자입니다
버림받은 여자보다 불쌍한 것은 고독한 여자입니다
고독한 여자보다 불쌍한 것은 쫓겨난 여자입니다
쫓겨난 여자보다 불쌍한 것은 죽은 여자입니다
죽은 여자보다 불쌍한 것은 잊힌 여자입니다.

아내를 맞이하기 위한 기도

| 프랑시스 잠 |

하나님
저에게 검소하고 사랑스러운 여인을
아내로 맞이하게 하여 주소서
저의 마음 깊은 곳에 자리 잡을 사람이게 하소서
서로 손 맞잡고 잠들게 하옵소서
서로 포옹하고 웃음 짓고
침묵할 수 있는 마음을 갖게 하옵소서
제가 죽는 날
아내가 제 뜬 눈을 감겨 주도록 하옵소서
저의 마지막 순간에
무릎 꿇고 기도할 수 있는 아내를 맞이하게 하옵소서.

새 가정

| 토미오카 다이코 |

당신이 홍차를 끓이면
나는 빵을 굽겠습니다
그렇게 오손도손 살아가노라면
때로는 어느 초저녁 무렵 잘 익은 우리의 사랑처럼
붉게 물든 달이 떠오르는 마음으로
때로는 찾아오는 사람들도 있겠지요
그것이 마지막, 이제 그는 더 이상 오지 않을 것입니다
그러면 우리는 덧문을 내리고 굳게 문을 걸고
당신은 홍차를 끓이고 빵을 굽겠지요
당신이 나를
내가 당신을
뜰 안에 묻어줄 날이 있을 거라고
언제나 그렇게 얘기를 나누겠지요
당신이 아니면, 내가
내가 아니면, 당신이
저 뜰 안에 묻어줄 때가 오면
남은 한 사람이 조용히 홍차를 마시면서
비로소 우리의 이야기는 끝나겠지요.

키스타에게

| 바게르 |

네 한숨은 꽃잎의 한숨
네 소리는 백조의 노래
네 눈빛은 태양의 빛남
네 살결은 장미의 살갗
사랑을 버린 내 마음에
너는 생명과 희망을 주었고
사막에 자라는 꽃송이같이
내 생명의 광야에 사는 너.

부도덕

| 파운드 |

사랑과 게으름을 노래한다
그밖에 가질 것이 없었다.

내 비록 여러 나라에서 살아봤지만
사는 데는 다름이 없었다.

장미꽃잎은 슬픔에도 시든다지만
나는 애인이나 찾아 나서야겠다.

만인이 믿지 못할 위대한 짓을
항아리 같은 데서 하기보다는.

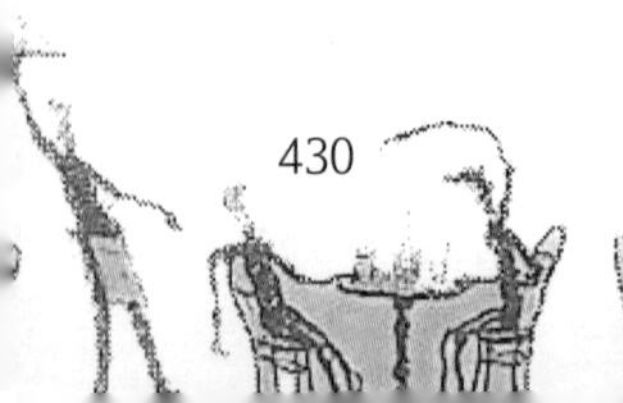
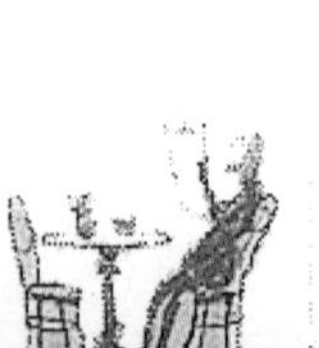
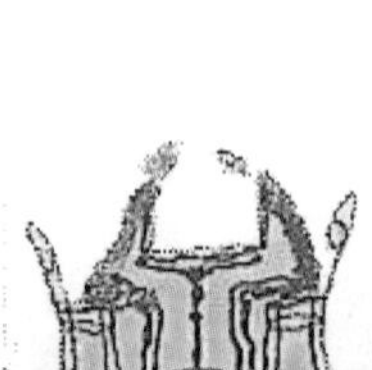

감각

| 랭보 |

여름날 저녁 무렵이면
나는 오솔길을 찾아 나설 것입니다
발을 찌르는 잔풀을 밟으며
나는 꿈꾸는 사람이 되어 발끝으로 신선한
그 푸름을 느낄 것입니다
바람이 내 머리를 휘날리도록
내버려 둘 것입니다.

나는 말하지 않을 것입니다
아무 생각도 하지 않을 것입니다
다만 내 영혼 속으로 끝없는 사랑이
찾아오기를 기다릴 것입니다
그리고 나는 아주 멀리 떠날 여장을 차릴 것입니다
마치 보헤미안처럼
자연을 따라
어느 여인과 동행하듯
마냥 행복할 것입니다.

발자국

| 폴 발레리 |

그대 발자국이
성스럽게, 아주 천천히
내 조용한 침실을 향하여
다가오고 있다.

순결한 사랑이여, 신성한 그림자여
그대의 발걸음 소리는 너무나 황홀하다
신이여!
분별할 수 있는 나의 모든 재능은
맨발인 채로 나에게 다가온다.

불평 어린 너의 입술로
일상의 내 상념을 진정시키기 위해
타오르는 입맞춤을 미리 준비한다고 하여도.

있음과 없음의 부드러운
그 애정의 행위를 서둘지 말라
나 기다림으로 세상을 살아왔으며
내 마음은 그대 발자국일 뿐이다.

누구의 죄냐

| 미하일 레르몬토프 |

그 여자는 창백하고 우아한 손을 나에게 내밀었다
나는 난폭하게 손을 뿌리쳤다
젊디젊은 사랑스러운 얼굴은 당황한 듯 금시 흐려졌다
파릇파릇한 선량한 눈은 나를 나무라듯 바라보다
깨끗한 젊은 마음은 내 기분을 이해하기 어려운 모양이다
"제가 뭐 잘못한 것 있어요?"
여자의 입술이 속삭인다
"네가 잘못하지 않았다고?
그만한 일이라면 빛나는 하늘의 천사일지라도
너보다 먼저 벌 받고 있을 거다."
하지만 나에게 저지른 네 죄는 깊다. 너의 죄의
무거움을 너는 이해하기 어려울 거다
새삼스레 지금 설명하고 싶은 마음도 내키지 않는다
그래도 너는 알고 싶으냐?
"그럼 말해 주지. 너는 젊고 나는 늙었다.
바로 이것이란 말이다."

젊은 날의 추억

| 츠보타 하나코 |

그이는 한 올 머리카락을 달라고 하셨다
나는 숲속 요정처럼 옛날 공주처럼
어깨와 무릎으로 흘러내리는
아름다운 머리를 가지고 있었다
아낌없이 한 줌의 머리카락을 잘라서 드렸다
그리고 잘린 곳은 리본으로 매어 두었다.

나는 어처구니없는 수줍기만 한 바구니와 같은 소녀
그이는 정답고 부드러운 조용한 젊은이
식 올릴 때까지 손끝 하나 건드리지 않고
키스도 하지 못했던 겁 많은 우리
그이는 윤나는 나의 검은 머리를
얼마나 사랑해 주셨는지 모른다.

지금 나의 그 검은 머리는 아이들에게 밀리어
늦가을처럼 쇠약해지고 있을 뿐이다
그럴 때면 빨간 무늬가 놓인 묶여 있는 상자를 열고
한 줌 싱싱한 머리카락을, 향긋한 젊음을 실컷 마셔본다.
그리고 그이는 조용히
담배 연기를 내뿜고만 계신다.

지난 시간 속의 추억

| 셸리 |

여름의 자취보다도 빠르게
젊은 날의 기쁨보다도 빠르게
행복한 저녁 무렵보다도 빠르게
그대는 온 길로 가고 말았다
잎이 흩어져 있는 대지같이
잠시 널려 있는 어둠같이
신이 떠나간 마음같이
이제 나 홀로 남았다.

제비는 여름이면 찾아오고
올빼미는 밤이면 잠에서 깨지만
따오기 같은 철없는 내 젊음은
그대 따라가고 싶은 마음 간절하다
하루의 꿈은 내일의 희망을 바라지만
잠은 슬픔으로 변하고 말았다
지금 내 육체는 겨울, 빈 가지에
여름 잎을 가져온들 무엇할 것인가.

백합꽃은 갓 시집온 새색시의 이마 위에
장미꽃은 아가씨의 이마 위에
제비꽃은 죽은 소녀의 무덤 위에
나비 꽃은 나의 꽃이 될 것이다
나는 무덤의 푸른 잔디 위에 그 모든 꽃을
눈물 없이 산산이 뿌려 놓을 것이다
벗이여, 그대와 아무리 가깝다고 해도
나를 위해 희망이나 절망을 가져서는 안 된다.

추억

| 브론테 |

흙 속은 차갑고, 네 위에는 눈이 높이 쌓여 있다
저 먼 곳 쓸쓸한 무덤 속에 차갑게 묻힌 그대
하나뿐인 사람아, 모든 것을 삼키는 물결로
나는 사랑을 잊고 만 것일까?

홀로 남은 내 생각은
산봉우리를 날고, 앙고라 기슭을 방황한다
지금 날개 접고 쉬는 곳은 히드풀과 양치기잎이
네 고고한 마음을 항시 덮고 있는 근방이다.

흙 속은 차가운데, 열다섯 차례의 어두운 섣달이
이 갈색 언덕에서 어느새 봄날의 물이 되었다
변모와 고뇌와 세월을 겪어왔으나
아직 잊지 못할 마음은 너를 배반하지 않았다.

젊은 날의 그리운 사람아, 혹시 세파에 시달려
너를 잊었다면 용서하길 바란다
거센 욕망과 어두운 소망이 나를 괴롭히지만
그 소망은 너를 생각하는 마음을 해치지는 않았다.

너 말고 내 하늘에 빛나는 태양은 달리 없었다
나를 비추는 별도 역시 달리 없었다
내 생애의 행복은 모두 네 생명에서 비롯되었고
그 행복은 너와 함께 무덤에 깊이 묻혀 있다.

그러나 황금의 꿈 꾸던 나날은 사라지고
절망조차 힘이 빠져 파괴력을 잃었을 때
나는 알게 되었다, 기쁨의 원조 없이는
생명을 이루고 강하게 키울 수 없다는 사실을.

그때 나는 정열의 눈물을 머금고
네 영혼을 사모하는 내 어린 영혼을 일깨워
나와는 관계없는 무덤에
서둘러 가려 하는 열망을 기꺼이 물리쳤다.

그러하기에 지금 내 영혼을 시들게 하려 하지 않고
추억의 달콤한 아픔에 잠기려 하지 않는다
깨끗한 고뇌의 잔을 모두 마신 지금
왜 다시 헛된 세계의 일을 추구하려 하는가.

나는 산문 위에 앉았다

| 생고르 |

저녁 무렵
나는 산문散文 위 벤치에 앉았다
길 양옆 단조롭게 늘어선 전신주들처럼
내 앞에는 시간이 나란히 열을 지어 있었다
그때 나는 네 얼굴에서 빛나는 따스한 빛살을 보았다.

자랑스러운 토치카 빛
저 얼굴을 어디서 보았던가?
아마도 그것은 백랍 빛 샘물가에서
약혼녀의 얼굴을 읽고 있을 때였을 것이다.

지금은 얼마나 황홀하고 부드러운 해 질 무렵인가?
그것은 내 가슴의 거리거리에 내리는 여름날이다
황금빛 잎새 나무들의 불타는 듯한 그들의 열매
그러면 아직 봄인가.

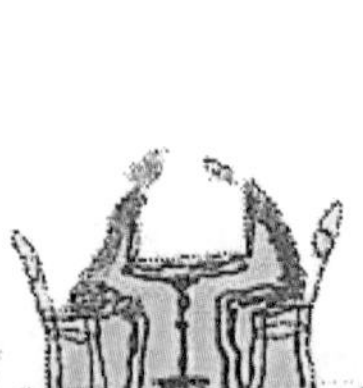

해변에서 물장난치는 여인들의 공기 같은 가벼운 모습
그녀들 두 다리의 근육은 하프의 현絃이다
의젓한 옷깃을 여민 하인들이 저녁 샘물을 긷는다.

가스등은 드높은 종려나무
그곳에서 바람은 하소연하듯 노래한다
거리는 어린 시절 낮잠처럼 고요하다.

울기는 쉬워

| 루이스 후른베르크 |

눈물 흘리기는
날아서 달아나는 시간처럼 쉽지.

하지만 웃기는 어려운 것
찢어지는 가슴속에 웃음 짓고
이 꽉 악물고
웃는 것은 정말 어려운 일.

꿈속에서 울었다

| 하이네 |

꿈속에서 나는 울었다
당신과 사별하는 꿈이었다
꿈에서 깬 뒤에도 나의 뺨에는
뜨거운 눈물이 흘러내렸다.

꿈속에서 나는 울었다
당신에게 실연당하는 꿈이었다
꿈에서 깬 뒤에도 잠깐은
여전히 흐느끼며 계속 울었다.

꿈속에서 나는 울었다
당신에게 사랑받는 꿈이었다
꿈에서 깬 뒤에도 언제까지나
기쁨에 넘쳐 계속 울었다.

누구나 떠날 때는

| 바흐만 |

누구나 떠날 때는
한여름에 모아 둔 작은 조개껍데기
가득 담긴 모자를
바다에 힘껏 던지고
머리카락 날리며 멀리 떠나야 한다
사랑을 위하여 차린 화려한 식탁을
바다에 뒤엎고
잔에 남은 포도주를
미련 없이 바닷물에 따르고
빵은 물고기들에게 주어야 한다
피 한 방울 바닷물에 섞고
나이프를 고이 물결에 띄우고
신발은 물속에 가라앉혀야 한다
심장과 달과 십자가와 함께
머리카락 날리며 멀리 떠나야 한다
그러나 언제 다시 돌아올 것인가를
언제 다시 오는가를
물어서는 안 된다.

잊어야 합니다

| 티즈데일 |

피어 있는 꽃을 버리듯 잊어야 합니다
때로는 격정처럼 타오르는 불길을 잊듯이
아주 영원히 잊어야 합니다
흐르는 세월은 너무도 고맙게 우리를 늙게 합니다.

만일 누가 우리의 삶을 물으면
벌써 오래전에 잊었노라고 말해야 합니다
꽃처럼 피었다가 불처럼 타올랐다가
그 옛날 눈 속에 사라진 발자국처럼 잊어야 합니다.

슬픈 대화

| 베르레느 |

인적이 없는 적막한 정원에
그림자 둘이 나타났다가 사라졌다.

그 두 그림자는 눈이 깨지고 입술이 메말라
속삭이는 소리조차 들리지 않았다.

인적이 없는 적막한 정원에
이상한 두 그림자가 나타나 옛날을 그리워한다.

"지나간 사랑을 아직도 생각하니?"
"생각한들 이제는 별수 없잖아."

"내 이름만 들어도 가슴이 벅차오르고, 지금도
꿈속에서 나를 기다리고 있니?"
"아니, 그런 적이 없어."

유랑자의 슬픈 이별

| 스콧 |

슬픔은 당신의 운명입니다, 아름다운 여인이여
가시나무 꺾어 당신의 이마 장식하고
술을 찾아서 거르고 약초를 짠다
빛나는 눈빛과 용사와 같은 허리
푸른 깃털로 장식하고
동양 비단으로 지은 초록색 상의
당신은 나에 대해 더 이상 알지 못한다
사랑하는 이여!
"상쾌한 6월의 아침이 아닌가.
장미는 이슬을 머금고 봉오리를 키운다.
하지만 깊은 겨울 눈 속에서 꽃이 피지 않는 한
우리는 만나지 못할 것이다."
이런 말을 남기며 그는 말머리를 돌려서
강기슭을 향해 달리며
말고삐 휘두르며 슬프게 말했다
"사랑하는 이여!
잘 있거라, 영원히
사랑하는 이여!"

작별

| 아폴리네르 |

나는 히이스꽃을 조금 모았다
가을은 죽었다, 그대 기억하는가?
이제 우리는 지상에서 다시 볼 수 없다
히이스꽃 같은 시간의 냄새
기억하는가, 그대
내 기다림을.

이별

| 자이델 |

나는 문을 변함없이 열어두었습니다
아주 천천히 계단을 내려갔습니다
혹시 부르실지 모른다고 생각하였습니다
그러나 당신은 아무런 말이 없었습니다.

아, 얼굴을 적시던
그 작은 빗방울들
나는 당신의 곁을 떠났습니다
그러나 당신은 모르셨습니다.

당신이 가시고 나자
나는 물어볼 말이 많았습니다
당신은 알고 계셨을 것입니다
하지만 그 대답을 모두 가지고 가셨습니다.

이제 나는 초라한 모습으로 앉아 있습니다
그리하여 나는 캄캄한 영혼과 함께
발길에 차이는 돌멩이들까지 울리는
심장을 토해내고 있습니다.

어느 이별

| 파운드 |

비단 옷깃 살랑거리는 소리 멎고
뜨락 너머 티끌이 바람에 날리어 쌓인다
발소리 끊기고
가랑 잎새들 황급히 날리어
잠잠이 쌓인 무덤 그 아래
마음이 즐거운 여인이 누웠나니
문지방에 매달린 젖은 잎사귀
하나.

편지

| 헤르만 헤세 |

서쪽에서 바람이 불어온다
보리수가 깊은 신음을 내고
달빛은 나뭇가지 사이로
내 방을 엿본다.

나를 버린
그리운 사람에게
긴 편지를 썼다
달빛이 종이 위로 흐른다.

글 위를 흐르는
고요한 달빛에
나는 슬픔에 젖어
잠도, 달도, 밤 기도도 모두 잊는다.

모래 위에 쓴 편지

| 페트 분 |

오늘 같은 그 어느 날
모래 위에 사랑의 편지를 쓰면서
우리는 시간이 가는 줄도 몰랐지.

밀려오는 파도에
모래 위에 쓴 사랑의 편지가 지워질 때
너는 웃었고
나는 울었다.

너는 언제나
진실만을 맹세한다고 했다
그러던 너였지만
지금 그 맹세는 어디로 갔나.

부서지는 파도에 밀려
모래 위에 쓴 사랑의 편지가 지워질 때처럼
지금 내 마음은 한없이 고통스럽기만 하다.

여행

| 마차도 |

"소녀야, 난 이제 바다로 가야 한다."
"저를 데리고 가시지 않으면 선장님을 잊을 거예요."
선장은 배 갑판에서 잠자고 있었다
그녀를 꿈꾸며 자고 있었다
'저를 데려가시지 않으면……'
그가 바다에서 돌아올 때
푸른색 앵무새를 선물로 가져왔다
"전 이제 선장님을 잊을 거예요."
그는 다시 바다를 건넜다
그 푸른색 앵무새를 가지고
"전 이미 선장님을 잊었어요."

어부의 집 앞에서

| 하이네 |

어부의 집 앞에 앉아
우리는 바다를 바라보고 있었다
저녁 안개가 피어올라
하늘 높은 곳에서 흩어진다.

등대에는 등불이
차츰 밝아지고
먼 앞바다에
아직도 배 한 척이 떠 있다.

우리는 이야기했다, 폭풍과 난파를
뱃사람과 그 바다 생활을
하늘과 파도, 불안과 기쁨의
사이에 떠도는 그 일상들을.

우리는 이야기했다, 먼 바닷가를
남쪽과 북쪽의 나라를
거기에 사는 기묘한 인종과
기이한 풍속을.

갠지스강은 향기롭게 빛나며
커다란 나무에는 꽃이 합장하듯 피고
아름답고 얌전한 사람들이
연꽃 앞에 무릎을 꿇고 있다.

랍란드의 촌스러운 사람들은
납작한 머리와 커다란 입, 너나없이 키가 작고
모닥불을 둘러싸고 고기를 구우며
왁자지껄 떠들어 댄다.

옆의 여자들은 열심히 듣고 있었다
나중엔 모두 이야기를 끝내고
앞바다의 배는 어느덧 보이지 않아
주위는 캄캄하게 저물어 있었다.

석양의 소녀

| 후지시마 우다이 |

님의 그림자조차 보이지 않는다
검은 모래 언덕의 바닷가
아득한 석양의 훈풍에
사랑의 노래 부르며
해변을 따라 걸어오고 있다
아리따운 소녀의 모습
그 노랫소리는
검은 모래로
울려 퍼지는
저녁노을의 파도
사라졌다가 다시 들린다
바람 속에 휘날렸다가
황혼이 비치는 구름 속에
피어 번진다.

저녁노을이 내리는 바다
밀물 따라 부는 바람
소금 냄새도 그윽이 휘날리는
그 검은 머리에
보랏빛으로 물들인
점점이 보이는 물
노랑나비가 춤을 추네
어둠 속에 거세어진 파도
불꽃처럼 부서지며 소용돌이친다
휘몰아치는 물보라는 사랑의 화분처럼
울려 퍼지는 바람 속에
눈처럼 휘날리며
그 빛난 눈동자
지금 해변을 거닐고 있네.

바닷가 사랑

| 사토 하루오 |

낙엽 진 마른 솔잎 쓸어모으던
소녀 같았던 그대
낙엽 된 마른 솔잎에 불 지피던
더벅머리 소년 같았던 나.

소년과 소녀는 정답게
타오르는 모닥불을 사이에 두고
다정하게 둘이서 손을 잡았다
하염없는 일들을 꿈꾸며.

해 질 무렵에 이는 연기는
보일 듯 보일 듯 희미했고
바닷가 사랑의 하염없음은
낙엽 된 마른 솔잎의 모닥불이다.

생일날

| 로제티 |

제 마음은 말이에요. 빛나는 숲속에서
고운 노래 부르는 새와 같아요
제 마음은 말이에요 열매의 무게로 가지가 굽은
소담스러운 사과나무와 같아요
지금, 제 마음은 말이에요 그보다도 한결 밝답니다
지금 사랑하는 그이가 오셨거든요.

비단과 털로 강단을 만들고
붉은 포와 다람쥐 털을 걸어 놓으세요
비둘기와 석류를 새겨 넣으시고
눈꽃 무늬 백 개 달린 공작새라면 더 좋아요
금빛 은빛 포도송이 수놓으시고
잎새와 백합꽃도 그려 주세요
오늘은 제 인생이 다시 시작되는 날
지금 사랑하는 그이가 오셨거든요.

선물

| 사라 티즈데일 |

나는 첫사랑에게 웃음을 주었고
둘째 사랑에게는 눈물을 주었습니다
셋째 사랑에게는 아주 오랫동안
깊고 깊은 침묵을 선물하였습니다.

내게 첫사랑은 노래를 주었고
내게 둘째 사랑은 눈빛을 주었습니다
오, 그러나 나의 셋째 사랑은
나에게 영혼을 선물하였습니다.

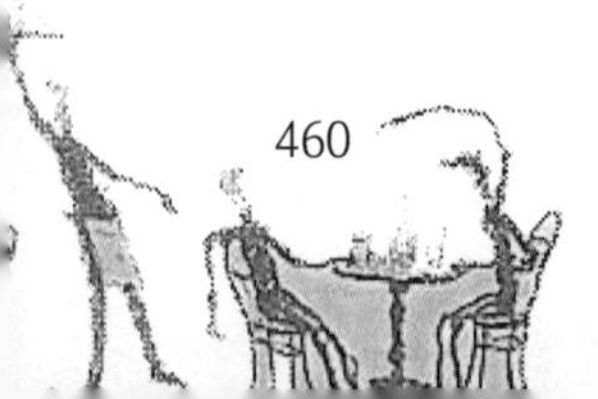

노래

| 럼티미자 |

오늘은 며칠이야?
오늘은 매일이지
귀여운 사람아
오늘은 일생이란다
사랑스러운 사람아
우리는 서로 사랑하며 살아간다
우리는 살면서 서로 사랑한다.

우리는 모른다
산다는 것은 무엇일까
우리는 모른다
하루란 무엇일까
우리는 모른다
사랑이란 무엇일까.

자유라는 이름

| 엘뤼아르 |

나의 대학 노트 위에
나의 책상과 나무 위에
모래 위에 눈 위에
네 이름을 쓴다.

읽은 책장마다
하얀 공책 공백마다
돌과 피와 종이 위에
네 이름을 쓴다.

정글에서도 사막에서도
새 둥지 위에 개나리 위에
내 어릴 적의 메아리 위에
네 이름을 쓴다.

밤의 정적 위에
한낮의 빵조각 위에
약혼 시절 위에도
네 이름을 쓴다.

하늘빛 헝겊 위에
이끼 낀 연못 위에
달빛이 흐르는 연못 위에도
네 이름을 쓴다.

음악의 의미

| 셸리 |

음악의 부드러운 선율이 끝날 때
우리의 추억 속으로 여운을 남긴다.

향기로운 오랑캐꽃이 시들 때
느낌 속에 꽃향기를 남긴다.

장미꽃 잎사귀는 장미가 죽었을 때
사랑하는 사람의 침상에 쌓이듯 남는다.

이처럼 그대 떠나고 내 곁에 없는 날
그대 그리는 마음 위에 사랑은 잠든다.

키스

| 그릴피르처 |

손에 하는 것은 존경의 키스
이마에 하는 것은 우정의 키스
빰에 하는 것은 감사의 키스
입술에 하는 것은 사랑의 키스
감은 눈에 하는 것은 기쁨의 키스
손바닥에 하는 것은 간구의 키스
팔과 목에 하는 것은 욕망의 키스
그 밖에 다른 곳에 하는 키스는 모두 미친 짓이다.

가을의 첫 키스

| 다카구치 마사코 |

사람을 사랑하느라고
사랑했던 사실을 잊고 말았다
그런데 눈동자가 피어 있었다
싸리꽃 하얗게 떨어져 깔린 오솔길
화산재 뿌옇게 뿌리는 산길
억새 풀을 갈라놓으며 불어온 바람이
뺨을 내밀어
입 맞추었다
사람을 사랑하느라고
사랑했던 사실을 잊고 말았다.

우울한 가을

| 릴케 |

젖어 있는 공기를 죽음이 문밖에서
살며시 기다리는 임종의 방안처럼 보인다
촉촉한 지붕에 엷은 광선이 비쳐서
꺼져 가는 촛불의 빛처럼 보인다.

쏟아지는 빗물은 쿨룩거리고
엷은 바람은 낙엽의 시체 더듬으며
저쪽으로 나는 도요새의 무리처럼
흰색 구름은 하늘을 불안하게 흘러간다.

욕망

| 라즈니쉬 |

욕망은 결코 채워지는 법이 없다
그것은 본성으로 해서 채워지는 것이 아니다
그러나 아주 작은 욕망은 채워질 수 있다
하지만 또 다른
수천이나 되는 다른 욕망이 거기서 생겨난다
욕망이라는 것은
한 번 좇았다 하면 멈출 수 없는 무지개와 같다
그러나 당신이 이것을 이해하게 되면
비로소 지금이라도 멈출 수가 있다.

욕망
그것은 돈일 수도 있다
그것은 능력일 수도 있다
자유일 수도 있다. 권력일 수도 있다
이렇듯 욕망은 미래 속에 존재한다.

욕망이라는 섬이
사랑의 바다에 둘러싸여 있다면
그것은 종교와 같은 것이다.

봄은 하얗게 화장하고

| 브리지스 |

봄은 하얗게 화장하고
우윳빛의 백색 관을 쓰고 있다
부드럽게 빛나는 양 떼들처럼
흰 구름이 하늘을 떠돌고 있다.

하늘에는 흰 나비가 춤추고
데이지꽃이 땅 위를 하얗게 만든다
벚꽃과 하얀 배꽃이
눈과 같은 꽃잎을 흩뿌리고 있다.

봄날의 기도

| 프로스트 |

오, 오늘 꽃 같은 기쁨을 주십시오
풍성한 수확을 원하지 않으나 주십시오
우리를 여기에 머무르게 하십시오
올해의 출발이 되는 이곳에.

오, 한낮에는 있는 그대로 머물게 하시고
밤에는 낙원과 같은 하얀 과수원 같은 기쁨을 주십시오
꿀벌은 꽃 피어 있는 나무 주위를 즐겁게 날고
그 무리 속에서 우리도 꿈을 좇게 하십시오.

또한 꿀벌들 사이로 날갯짓 소리를 내며
날아오르는 새들처럼 우리에게 기쁨을 주십시오
예리한 부리로 쪼듯
하늘에 고요히 꽃송이처럼 머무르는 별들에.

이것은 사랑입니다. 사랑 아닌 것이 없습니다
하늘에 계신 하나님께 참 마음을 보냄과 동시에
우리를 완전하게 보살피도록 맡기는
사랑 속에 있게 하여 주십시오.

5월의 바람

| 티즈데일 |

열린 문을 굳게 닫아 버리듯
나는 내 가슴의 문을 닫았다
사랑이 그 안에서 굶주리어
나를 더는 성가시게 굴지 못하게.

이윽고 저 지붕 너머에서
5월의 따사로운 바람이 불어오고
거리에서 연주하는 피아노 소리
난간으로 한 곡조 불려왔다.

내 방은 해 비쳐 밝고 밝은데
사랑은 내 안에서 소리 지른다
"아직 튼튼해. 놓아주지 않으면
그대의 가슴을 무너뜨리고 말 테야."

흩어지는 나뭇잎

| 고티에 |

숲은 공허하게 녹슬어 있고
가지에 붙어 있는 하나의 나뭇잎
외롭게 가지에서 팔랑거리고 있는
잎사귀 하나, 새 한 마리.

오로지 나의 마음에도
하나의 사랑, 노래 한 가락
하지만, 가을바람이 매섭게 울고 있어
사랑의 노래 들을 수 없다.

새는 날아가고 나뭇잎도 흩어지고
빛바랜 사랑 너머로 겨울이 오면
귀여운 새여
내 무덤가에서 우짖어다오.

산비둘기

| 장 콕토 |

두 마리 산비둘기가
진심으로
서로 사랑하였습니다.

그 나머지는
더 말할 수 없습니다.

네 마리 오리

| 엘링엄 |

연못 속의 네 마리 오리
수면 건너 저쪽에 초록색 둑
눈을 들면 봄의 파란 하늘
뛰어가는 흰 구름
세월이 가도 잊지 못하여
생각을 떠올릴 때마다 눈물 흘린다
지난날의 그리운 추억이여.

잊힌 노래

| 베르레느 |

그것은 나른한 황혼
그것은 사랑의 권태로움
그것은 미풍에 안긴
나무들의 몸부림
그것은 회색 가지의 합창.

오, 여린 상쾌한 속삭임이여!
그것은 작은 방울 소리
그것은 풀이 흔들리는 흐느낌
시냇물 밑의 소용돌이 치는
조약돌의 흔들림.

이 희미하게 들려오는 소리에
신세를 한탄하는 영혼은
우리의 것
나와 그리고 너의 것
미지근한 저녁 어스름이 깔리는
수줍은 기도가 낮게 승천한다.

소망所望

| 로저스 |

나의 오두막집은 언덕 밑에 있고
벌통에서 들려오는 소리 내 귀에 기쁨을 전한다
줄기차게 물레방아를 돌리는 개울물
버드나무 우거진 그 주위에 흐른다.

초가지붕에 지은 둥지
때맞추어 지저귀는 제비들
길 가는 나그네 문을 두드리면
음식을 나누어 먹으며 손님으로 환영한다.

향기로운 꽃은 이슬을 머금고
담쟁이넝쿨로 치장한 우리 집 창문에서 피어난다
물레질하며 노래하는 루시의 모습
그녀가 입고 있는 푸른 앞치마의 맵시여.

처음으로 부부 되기를 맹세하였던
마을의 교회당은 나무 사이로 보이고
종소리 아름답게 울리면 산들바람 불고
높은 종탑이 하늘 향해 솟아 있다.

내가 가 본 일이 없는 곳에서

| 커밍즈 |

내가 아직 가 본 일이 없는 곳에서
경험을 초월한 거기서 그대 두 눈은 침묵을 지킨다
그대의 여린 동작에는 나를 감싸는 무엇이 있고
그보다도 너무 가까워서 내 손이 닿지 못함이 있다.

그대의 가냘픈 눈짓이 나를 나른하게 만들고
아무리 손가락처럼 자신을 닫고 있어도
마치 봄이 교묘하게 이른 장미를 열게 하듯이
하나씩 하나씩 나를 열게 하는 것이다.

그보다도 그대의 바람이 나를 닫는 것이라면
내 인생도 아름답게 갑자기 닫힐 것이다
마치 꽃가루가 주위에 살며시 내리는
저 눈을 느낄 수 있음과 같이.

이 세상에서 볼 수 있는 그 어떤 것도
그대의 숨겨진 약한 힘을 이길 수 없듯이
그 느낌은 아름다운 전원의 빛깔로 내 마음을 붙잡고
숨 쉴 때마다 죽음과 영원을 교대로 준비한다.

차라리 침묵하십시오

| 밀란 쿤데라 |

사랑에 대해서 나에게 말해서는 안 됩니다
마치 벌레가 나무를 갉아 먹듯
난 그대의 말 한마디 한마디를 듣고 있습니다
사랑합니다, 사랑합니다.

난 이미 알고 있었습니다
당신의 마음이 다른 연인의 곱슬머리로
칭칭 감겨 있음을
그것이 저의 머리카락이라고 변명해서는 안 됩니다
난 믿지 않습니다, 당신의 말은.

당신의 말은 항상
갈대숲과도 같습니다
당신은 모자를 눌러쓰고
코트에 얼굴을 파묻은 채
서둘러 그 뒤로 숨곤 합니다
하지만, 난 당신을 보고 있었습니다
그 말 뒤에 숨어 있는
당신을 보고 있었습니다.

난 알고 있습니다, 그 문을
문 위에 새겨진 그 이름을
당신의 온몸을 떨게 만드는
그 열정의 온도를 난 느낄 수 있습니다.

난 지금 보고 있습니다.
두리번거리는 당신의 두 눈을
부끄러움에 가득 찬 겁먹은 두 눈을.

처음에 그대는 벙어리였습니다
마치 한 마리 작은 아기곰처럼
사랑에 대해선 말하지 않았습니다
그대는 사랑, 그 모습이었습니다.

아, 나의 아름다운 연인
내 사랑
제발 이젠 침묵하십시오.

고독

| 릴케 |

고독은 비와 같은 것
저녁 무렵 바다에서 올라와
멀고 먼 쓸쓸한 들을 거쳐
언제나 고적한 하늘로 갑니다.

어둠이 사라지는 시각에 비는 내립니다
일체가 아침으로 향하고
아무것도 찾아내지 못한 고독한 육신들이
실망과 슬픔에 잠겨 떠나갈 때
그리고 서로 미워하는 사람들이
같은 잠자리에서 함께 잠을 이루어야 할 때
강물과 함께 고독은 흘러갑니다.

비밀

| 데멜 |

어두운 산골짜기로
밝은 달이 숨는다.

하나의 작은 소리가
폭포에서 노래한다.

오, 사랑하는 사람이여
그대의 황홀한 즐거움과

그대의 슬픔과 번민을
나의 행복이라고 숨기고 싶다.

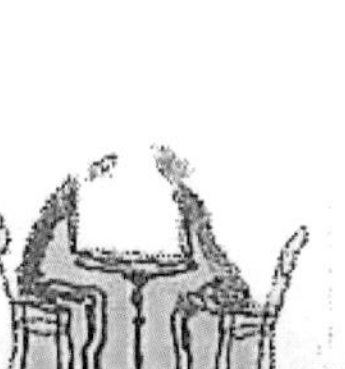

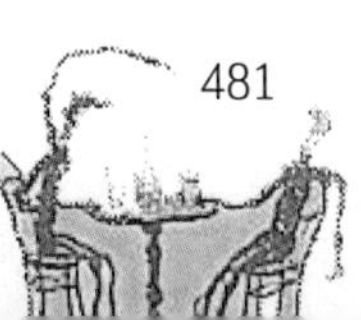

걸음마

| 스위번 |

아장아장 걸음마
아름다운 꽃 활짝 핀
5월의 들길보다 부드럽고 예쁘게
우리 아기 걸음마는 비틀거린다.

아장아장 걸음마
새벽하늘 같은 맑은 눈으로
엄마의 눈만 마주 바라보며
노래하며 즐거워한다.

황금빛 봄날을 반기듯 즐거운 얼굴
그 첫날의 놀이인가
사랑과 웃음으로 귀여운 다리 끌며
아장아장 걸음마.

지평선

| 지코브 |

그 소녀의 하얀 팔이
내 지평선의 전부였다.

물레방아

| 이토 게이치 |

종일
같은 노래를 노래하고 있는
내 마음의 물레방아.

나는
이 아름다운 회전을 사랑한다
쉴 사이 없이 회전하는
나날의 노래를 물거품을.

나를 적시는
그대의 강물
그대의 미소
그대의 이삭.

정신의 새벽빛

| 보들레르 |

방탕자들의 방에 희고 붉은 새벽빛이
가슴을 물어뜯는 이상理想과 함께 들어올 때
보복적 신비의 작용으로 인하여
잠에 취한 짐승 속의 천사가 눈을 뜬다.

아직도 몽롱한 꿈에 괴로워하는 녹초가 된 사내에게는
다가갈 수 없는 영적 천상계의 창공이 열리며
밑 없는 구렁텅이의 인력과 함께 움푹 파인다
사랑하는 여신이여, 총명하고 순결한 존재여.

어리석은 환락의 몽롱한 찌꺼기들 위에
더욱 맑고 더욱 요염하고 한층 매혹적인
너의 영상이 부릅뜬 내 눈앞에서 난무한다.

이제 태양은 촛불들이 퇴색하게 하였으며
언제나 승리자로 떠오르는 너의 환상은
찬란한 넋이여, 불멸의 태양과 같다.

신발

| 와일리 |

하얀 눈 속을 걷는다
소리조차 없는 근방을
고요하고 느릿한 걸음으로
마음 고요히 발걸음을 옮기며
내리는 눈은 하얀 레이스의 베일

나는 비단신 신고 걷는다
그대는 털신을 신어라
우윳빛 같은 하얀 빛
더욱더 아름답다.
갈매기의 가슴 털보다

우리는 지나갈 것이다
바람 없는 아늑하고 고요한 거리를
우리는 밟고 가리라, 흰털을
은빛 나는 양털을
털실보다 양털보다 부드러운 그 위를

우리는 신고 걸을 것이다. 벨벳 신발
걸어가노라면
고요함은 이슬과 같이
하얀 무늬에 떨어질 것이다
우리는 눈 위를 걸을 것이다.

하얀 달

| 베르레느 |

하얀 달
숲에 빛나고
가지마다
소곤거리는 음성
우거진 나뭇잎 그늘에서

아아, 내 사랑

연못
밝은 거울에
그림자 지는
검푸른 버드나무
가지 사이로 우는 바람

꿈을 꾼다

고요함
크고 부드러운
무지갯빛
차가운 달빛에 젖어
하늘에서 내리고

아아, 아름다운 밤

겨울 벚꽃

| 신카와 가즈에 |

남자와 계집이
깨진 냄비와 뚜껑처럼 만나
다음날부터 된장찌개 끓이듯
그렇게 되는 것은 용서할 수 없습니다
차라리 당신이 종각의 종이라면
나는 그 소리 듣기를 원할 것입니다
당신이 노래의 한가락이라면
나는 그 노랫말이기를 고대합니다
당신이 한 개의 레몬이라면
나도 거울 속의 레몬
그와 같이 당신과 조용히 마주하고 싶습니다
영혼의 세계에서는
나도 당신도 영원한 어린아이이기에
그러한 고집도 용서가 될 것입니다

습기에 젖어 이불 냄새가 나는
눈꺼풀처럼 차양이 드리워진
한 지붕 아래서는 살 수가 없다고 해서
슬퍼할 필요가 어디 있겠습니까
보십시오. 왕과 왕비의 인형과도 같이
우리가 나란히 앉아 있는 돗자리 위
그곳에 밝게 햇빛 비치고
끊임없이 벚꽃들이 낙하합니다.

작은 기쁨을 위하여

| 칼 힐티 |

기뻐하라
나의 어두운 마음이여
네가 끊임없이 짓눌렸던
그 고통에서 벗어났다
내 위에 무덤처럼 덮여 있던
고통의 시간은 이미 끝났다.

오늘은 세상이 밝은 빛으로 아름답다
마치 새로 태어난 것처럼
너는 이 넓고 푸른 초원의 언덕에서
이미 많은 괴로움을 벗었다.

이슬이 풀잎에서 빛으로 반짝인다
찬란한 아침 햇살을 받고
저 투명하게 푸른 하늘에는
융프라우의 눈이 선명하다
모든 가지에서 새들이 즐겁게
아름다운 날개를 흔들고 있다.

계절의 마지막 검은 까마귀는
저쪽 마을로 날아가서 돌아오지 않는다.

이제 잠시만 인내하라
더 이상 괴로워해서는 안 된다
찬란한 여름의 환희가
봄의 광풍을 몰아내고 달려온다.

기쁨과 슬픔

| 칼릴 지브란 |

그대의 기쁨이란
가면을 벗은 바로 그것이 그대의 슬픔
웃음이 떠오르는 바로 그 샘이
때로는 눈물로 채워진다
그렇지 않겠는가
그대의 존재 내부로 슬픔이 깊이 파고들수록
그대의 기쁨은 더욱 커지리라.

도공의 가마에서 구워진 그 작은 잔이
바로 그대의 포도주를 담는 잔이 아닌가?
칼로 후벼 파낸 그 나무가
그대의 영혼을 달래는 피리가 아닌가?

그대여, 기쁠 때 가슴속을 깊이 들여다보아라
그러면 깨닫게 될 것이다
그토록 기쁨을 주었던 바로 그것이
그대의 슬픔이었음을.

그대여, 슬플 때도 가슴속을 들여다보라
그러면 깨닫게 될 것이다
그토록 기쁨을 주었던 바로 그것 때문에
그대가 눈물 흘리고 있음을.

사랑을 끝내고 삶을 위하라

| 루이스 |

사랑을 끝내고 삶을 위하라
죽음은 떠나고 과거는 다시 찾아오고
세월을 물고 오는 새벽 비둘기가
불을 깃에 달고 힘차게 날아온다.

부정을 추방하고 삶을 시작하라
서서히 평화가 몰려오고
희망의 새와 행복의 꽃이
겨울의 벽, 죽음의 벽을 무너뜨린다.

이제 아침은 의미 없다
고통의 밤은 그림자를 거두고 별만 남아
서서히 사라지는 시간이다
창조의 삶이 어둠 속을 걸어 나오고 있다.

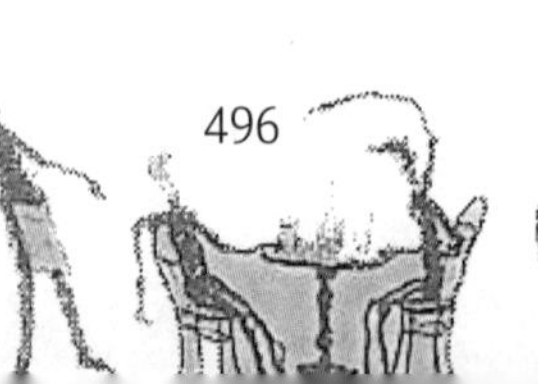

산 너머 저쪽

| 칼 부세 |

산 너머 저 하늘 멀리
모두 행복이 있다고 말하기에
남들 따라 나도 찾아갔지만
눈물지으며 되돌아왔네
산 너머 저 하늘 멀리
모두 행복이 있다고 말하건만.

천국의 땅이라도

| 하이네 |

천국의 아름다운 땅에도
행복의 기름진 땅에도 나의 마음은 머물지 않습니다
그곳에 아름다운 여자는 없습니다
이 지상에서 내가 찾아낸 여자는.

아무리 우아한 날개를 가진 천사라 할지라도
아내와 비교할 수 없습니다
구름 위에 앉아서 소리 높여 찬미가를 불러도
갑갑한 마음을 달랠 수는 없습니다.

오오, 주여! 이 세상에서 나를 살게 하여 주심이
가장 아름다운 일이라고 생각됩니다
이 세상을 살기 위해 먼저 마음의 병을 고치고
얼마간의 돈 걱정도 하게 허락해 주십시오.

이 세상에 죄악과 악덕이
가득 차 있다는 것을 백번이라도 알고 있습니다
그러나 세상 눈물의 골짜기를 지나 거리를 방황하는데
이제는 아주 익숙해져 있습니다.

하지만, 지금은 외출하지 않아
세상의 시끄러움을 모릅니다
잠옷을 입고 가벼운 슬리퍼를 신고
아내 곁에 조용히 함께 있고 싶을 따름입니다.

아아, 아내 곁에 있고 싶다는 말을 듣기만 해도
내 마음은 정다운 목소리의
음악을 즐길 수 있습니다
그 눈동자의 시원함과 순진함.

주여! 지금은 건강과 돈의 유혹에 빠지고 싶습니다
그러나 제발 지금 이대로
사랑스러운 아내와 함께 더 즐겁게
나날을 편안히 보내게 해 주십시오.

행복

| 헤르만 헤세 |

네가 행복을 좇을 동안은, 너는
행복한 만큼 성숙하지 못한다
비록 한없이 사랑하는 것 모두가 네 것일지라도.

잃어버린 것을 애석해하고
여러 가지 목표를 가지고 초조해하는 동안은
아직 평화가 무엇인지 너는 모른다.

모든 소망을 버리고
목표와 욕망도 잊어버린 채
행복 따위를 말하지 않게 되었을 때
비로소 사건의 물결은 네 마음에 닿지 않고
너의 영혼은 비로소 안식을 취한다.

당신의 행복

| 칼릴 지브란 |

당신은 행복합니다
한낮의 태양 앞에서, 깊은 밤 별들 앞에서
또한 당신은 행복합니다.

태양도 달도 별도
모두 존재하지 않을 때
이 모든 것들이 있는 앞에서도
두 눈을 감을 수 있다면
당신은 진정 행복합니다.

행복한 사람이 되기 위하여

| 타카모리 켄테스 |

지키지 못할 약속은 해서는 안 된다
부부도 원래는 타인에 지나지 않는다
타인의 장점은 주저하지 말고 칭찬하라
현명한 사람은 누구에게나 배운다.

위기야말로 절호의 기회
나를 바꾸면 주위가 바뀐다
베푼 은혜를 생각하지 말고
받은 은혜를 잊지 마라.

하등 인간은 혀를 사랑하고
중등 인간은 몸을 사랑하고
상등 인간은 마음을 사랑한다.

행복한 부부

| 괴테 |

봄비가 개었다
우리가 애타게 기다리던 비였다
아내여! 보아라
우리의 채마밭에
가득 넘치는 자비로움을
어느 쪽을 보아도
젖빛 안개로 흐려져 있을 뿐
여기에는 지금도 사랑이 거닐고
변함없는 행복이 사는 곳이다.

새하얀 비둘기 한 쌍
보아라, 저기 내려앉았다
투명한 아침 햇살을 받으며
제비꽃 향기로운 정자 난간에 기대어
우리 둘이는
봄의 첫 꽃다발을 엮었다
비로소 우리 사랑의 불길은
활활 타올랐다.

그러나 신전新殿의 맹세가 끝나고
호의에 찬 눈길 배웅을 받으며
정다운 친구들의 시중을 떠나서
부지런히 내 집으로 돌아와
새로운 태양, 새로운 달이
우리의 이웃이 되었다.
빛나는 생의 세계를 얻은 것이다
우리 두 사람의 행복을 위해.

하지만 수없는 봉인封印이
우리의 인연을 묶기 위해
언덕의 숲에서
목장의 풀 섶에서
벼랑 위에 솟아오른
옛 성안에서
호숫가의 갈대 속에서까지
아모르|사랑의 신|는 불길을 보내왔다.

사랑의 만족감에 취해서 함께 거닐며
영원한 두 사람만의 삶을 믿고 있었다
그러나 신의 뜻은 따로 있었다
세 사람이 된 것이다
그리고 이어 네 사람, 다섯 사람, 여섯 사람
다 함께 식탁에 둘러앉았다.

나는 아름다운 모든 것을 사랑한다

| 브리지스 |

나는 모든 아름다운 것들을 사랑하고
그것들을 찾아 경배한다
하나님은 그것들로 인해 참다운 찬미를 받게 되고
사람은 빠른 세월 속에서
그것들로 인해 영광을 누리게 된다.

나도 또한 무엇인가를 만들며
만드는 기쁨을 누리련다
비록 내일이면 잠에서 깨어날 때 떠오르는
헛된 꿈속의 말처럼
여겨질지라도.

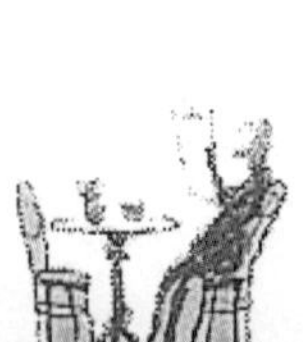
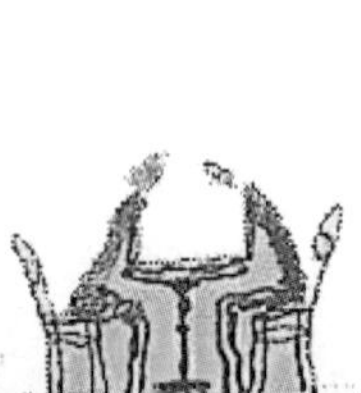

행복한 생활

| 포프 |

바라는 희망도, 열망하는 꿈도
선조에게서 상속 받은 작은 땅에
태어나면서부터 자기 소유의 땅에서
숨 쉬고 만족할 수 있는 사람은
행복한 사람이다.

내가 기르는 소는 젖을 주고, 밭은 빵을 선사하며
양은 철 따라 아름다운 옷을 준다
주위의 나무들은 여름이면 그늘을 만들어 주고
겨울이면 땔감으로 나를 잠재워 준다.

나는 행복한 사람이다. 걱정할 일도 없고
시간도, 날짜도, 일 년이 평온하게 지나가서
육체는 건강하고 마음은 평온하여
하루하루가 자유롭다.

밤이 찾아오면 깊은 수면에
오락을 즐기며 휴식한다
온갖 잡념 떨쳐버리고
고요히 명상에 잠긴다.

이런 삶을 갖고 싶다
세상에 알릴 이름 없이
남모르게 조용히 생명을 마감하고 싶다
잠든 곳을 알리는 묘석도 없이.

깊은 밤이면 잠이 맞아주고 휴식이 있고
즐길 수 있는 오락이 하루의 피로를 풀어준다
아무런 잡념 없이 나를 찾는 시간은
고요히 묵상하는 때이다.

남도 모르고 이름도 없이
평생을 고요한 마음으로 죽고 싶다
이 세상을 아무도 모르게 떠나서
잠든 곳을 알리는 작은 묘비도 없이.

내가 찾던 것이 내 안에 있었네

| 수잔 폴리스 슈프 |

모두 행복을 찾는다고
온 세상을 헤매고 있습니다.

하지만 새로운 도전이란
잠시 혼란스럽고 불행하기 마련
마침내 지친 그들은
자기 자신에게로 돌아오는 수고로움을
알지 못합니다.

내가 찾던 것이 있었습니다
그것은 바로 내 안에 있었습니다
행복이란
참다운 나를
사랑하는 이와 나눌 줄 아는 것입니다.

마을 대장장이의 행복

| 롱펠로 |

잔가지를 뻗은 밤나무 밑에
마을 대장간 작은 오두막이 있다
젊은 대장장이는 매우 건장한 사나이로
손은 크고 아주 억세다
팔뚝의 근육은 힘줄이 뻗어 있고
무쇠처럼 강해 보인다.

그의 곱슬머리는 유난히 검고 장발로
얼굴은 구릿빛이다
짙은 눈썹은 늘 땀에 젖어 있고
그는 열심히 일해 생활을 일으켰다
세상을 정의롭게 살아야 한다는
그에게는 한 푼의 빚도 없다.

이른 아침부터 밤늦게까지
온 동네에 풀무 소리가 들려온다
느린 가락 박자에 맞추어
해 질 무렵 교회 종지기가
울리는 종소리처럼.

학교에서 방금 돌아온 어린아이들이
문틈으로 대장간 안을 들여다본다
맹렬히 불을 뿜는 풀무를 보기도 하고
명랑한 풀무 소리 환한 눈웃음에
타오르는 불꽃이 낟알 껍질처럼 날아다니는 것을 본다.

주일날이 되면 부지런한 대장장이는 교회로 가서
아이들 사이에 숨듯 앉는다
목사님의 기도와 설교에 열중하면서
성가대 속에서 딸의 목소리 들려오면
그의 마음은 풀무 소리만큼 부풀어 오른다.

대장장이에게는 그 소리가 천국에서 노래하는
아내의 목소리처럼 들려서 무덤에 잠들어 있는
아내를 떠올려 본다
그리하여 마침내는 불꽃에 단단해지고 거친 손으로
뜨거운 눈물을 닦아낸다.

힘든 일에 기뻐하며 때로는 슬퍼하면서
그는 미래를 꽃 피우며 살아간다
매일 아침 일이 시작되고, 매일 저녁 일이 끝난다
되풀이되는 일을 시작하고 끝내면서
하루의 휴식으로 밤을 맞이한다.

나의 절친한 친구여, 감사의 마음을 보낸다
그대가 만드는 삶의 교훈에 깊은 사의를 표한다
불타는 신생의 풀무로부터 우리는 행복을 발견하고
온 동네에 울려 퍼지는 육중한 쇠망치 소리로
삶의 위업과 건강한 사랑이 만들어진다.

가난한 구두 수선공

| 프랑시스 잠 |

검소한 등 굽은 구두 수선공 영감님
당신은 은은한 물빛 유리창 앞에 앉아
온종일 일하고 있고
주일날이면 일찍 일어나서 몸을 씻고
새 옷을 입고 창문을 연다.

그 영감님은 거의 배운 바 없고
아내를 섬기며
진종일 말하는 법 없고
주일날 노파를 데리고
성당에 갈 때도
거의 입을 열지 않는다.

영감님은 혼자 밖으로 나다니지 않으며
왜 구두를 만드는 것일까
오직 그는 자기 일을 할 뿐이다
그래서 이웃들이 편안하게 거닐게 하는 것이다
그리하여 그의 집에 불 켜진

호야 램프에
한줄기 청정함이 깃들어 있어
금과 같이 빛나네.

영감님이 죽을 때에는 이웃들이
무덤에 그를 메고 갈 것이고
많은 이들에게
구두를 지어주었던
그였으니
주님께서 가난한 이를 아끼시오니
그에게 영광을 내리실 것이다.

꽃과 잡초

| 테니슨 |

일찍이 내게 젊음이 있던 시절에
나는 작은 텃밭에 꽃씨를 뿌렸더니
피어난 이름 모를 꽃을 보고 사람들은
잡초라고 경멸하면서

정원의 나무 그늘 밑을
이래저래 돌아다니며
불만족스러운 표정을 지으며
나와 내 꽃을 경멸하였다

하지만 꽃은 높이 자라
빛나는 관을 썼는데
밤중에 도둑이 담을 넘어 들어와
마구 꽃씨를 훔쳐다가

이 마을 저 동네
곳곳마다 꽃씨를 뿌려
마침내 사람들은 소리쳤다.
“아름다운 꽃이여!”

이 작은 이야기의 뜻을
모르는 사람이 있다는 말인가
지금 꽃씨를 가진 모든 사람은
누구나 꽃을 가꿀 수 있다.

꽃을 해마다 피우며
아름다운 꽃이 있는가 하면
보잘것없는 꽃도 있어
사람들은 또다시 꽃을 잡초라고 부른다.

꽃이 핀 숲

| 스티븐스 |

꽃이 핀 숲속으로 갔다
다른 사람과 함께 간 것이 아니라
많은 시간 혼자 거기 있었다
그렇듯 행복한 일이 있었으랴
꽃이 핀 숲속에서.

대지에는 초록색 풀
나무에는 초록색 잎
바람은 소리 내면서
명랑하게 지껄이고
그래서 나는 행복했다
꽃이 핀 숲속에서.

너는 겸손하고 청순하여

| 게오르게 |

너는 겸손하고 청순하여 불꽃 같고
너는 상냥하고 밝아서 아침 같고
너는 고고한 나무의 꽃가지 같고
너는 조용히 솟는 깨끗한 샘물 같다.

양지바른 들판으로 나를 따르고
저녁노을 진 안개에 나를 잠기게 하며
그늘 속의 내 앞을 비추어 주는
너는 차가운 바람, 너는 뜨거운 입김.

너는 내 소원이며 내 추억이니
숨결마다 나는 너를 호흡하며
숨을 들이쉴 때마다 너를 들이마시면서
나는 너에게 입맞춤한다.

너는 고고한 나무의 꽃가지
너는 조용히 솟는 깨끗한 샘물
너는 날렵하고 청순한 불꽃
너는 상냥하고 밝은 아침.

봄바람이 달려간다

| 호프만시탈 |

봄바람이 달려간다
잎사귀 없는 가로수 사이를
이상한 힘을 지닌
봄바람이 달려간다.

흐느껴 우는 소리가 나는 곳에서
봄바람은 몸을 흔들었고
사랑에 아파하는 아가씨의 흩어진 머리칼에서
봄바람은 몸을 흔들었다.

소리 내어 웃고 있는 아가씨의
입술을 살짝 어루만졌고
부드러운 봄날에 눈을 뜬 들판을
여기저기 찾아다닌 것이다.

연인들이 속삭이고 있는 방을 빠져나와
봄바람은 말없이 날았다.
그리고 희미한 낚시 등잔 불빛을
허리를 굽혀 끄고 온 것이다.

벌거숭이 나무와 나무 사이를
미끄러지듯 지나면서
봄바람의 입김은
창백한 그림자를 뒤따른다.

지난밤부터 불던
이른 봄날의 솔바람은
향긋한 냄새를 지니고
이 마을에 찾아왔다.

어느 계절의 선물

| 게오르게 |

시냇가
홀로 일찍 피어난
개암나무꽃
서늘한 풀밭에
지저귀는 새.

포근히 우리를 따뜻하게 하여 주고
번득이다 바래는
스치는 빛
비탈
회색 수목
봄은 우리를 뒤쫓아
꽃을 뿌릴 것 같다.

거리

| 슈토롬 |

회색빛 바다 회색빛 해안에
한 작은 거리가 있다
안개는 무섭게 집마다 걸리고
적막하고 고요한 거리 주위를
단조로운 바다의 물결 소리가 흐른다.

웅성거리는 숲도 보이지 않고
5월이 되어 우짖는 새조차 없다
가을철 밤하늘을 가로지르는 것은
오직 기러기의 날카로운 울음소리
그리고 해안에는 풀이 바람에 나부끼고 있다.

그러나 나는 진심으로 너를 사랑하고 있다
바닷가의 회색빛 거리여
나의 소년 시절의 온갖 추억을 언제까지나
너는 아름답게 지니고 있기 때문이다
바닷가의 회색빛 거리여.

꿈의 모습

| 하이네 |

나는 일찍이 꿈을 꾸었다. 격렬한 사랑의 열정을
아름다운 머리카락을, 메아리를
달콤한 입술을, 쓰디쓴 말을
음울한 노래 선율을.

재빨리 꿈은 희미해지고
그 속의 상냥스러운 모습도 사라졌다
일찍이 거센 열정의 내가
부드러운 여운 속에 녹인 것만 남아 있다.

홀로 남은 고아 같은 노래여, 지금은
나에게서 사라진 꿈의 모습을 찾아라
그것을 찾았다면, 나의 인사를 전하려무나
바람과 같은 세월의 그림자들에 나는 덧없는
한숨을 보낼 것이다.

파란색의 비밀

| 장 콕토 |

파란색의 비밀은 굳게 가려져 있다
파란색은 저쪽 어디선가 온다
오는 길에 그것은 옅어져서 산으로 바뀐다
매미가 거기서 일한다
새들도 거기서 부지런하게 심부름한다
하지만 인간들은 아무것도 모른다
'프레시안 블루' 라고들 한다
나폴리에서는 하늘이 물러가고 나면
성모 마리아가 벽 구멍으로 찾아온다
여기서는 모두가 수수께끼다
사파이어도 수수께끼, 성모 마리아도 수수께끼, 사이폰|흡수되|도 수수께끼, 수부水夫의 저고리 깃도 수수께끼, 눈이 부신 파란 햇빛도 수수께끼
내 가슴을 꿰뚫는 너의 파란 눈도 수수께끼다.

기쁨

| 괴테 |

우물가에서 두 날개를 반짝이며
나는 잠자리를
자세히 바라보면 재미가 있다
검다고 보았더니 하얗고
파랗게 보았더니 초록빛이다
가까이 다가가서 여러 가지
빛깔의 잠자리를 보고 싶다.

뱅뱅 도는 휴식을 모르는 잠자리
드디어 날개를 접고 살포시 앉았구나
실버들 가지에
아, 잡았다, 잡았어
그리고 찬찬히 바라보니
슬프게도 짙은 남빛이구나
너의 기쁨을 해부하는
나의 운명도 다 같구나.

희망이란 의미

| 괴테 |

날마다의 나의 일에 대하여
부디 완성도 높은 행복을 주시길 바랍니다
제발 중도에서 나를 좌절시켜서는 안 됩니다
그것은 결코 허무한 꿈이 아니라
지금은 가지도 잎도 없는 이 작은 묘목도
언젠가는 열매를 달고 그늘을 펼칠 것입니다.

내 카메라

| 이바라기 노리코 |

눈
그것은 렌즈

깜박거림
그것은 나의 셔터

머리칼로 에워싸인
작고 작은 암실도 있어

그래서 나는
카메라 따위는 메고 다니지 않는다

아시는가? 내 속에
당신의 필름이 많이 간직되어 있음을

나름 햇빛 아래서 웃음 짓는 당신
물결치는 밤색의 눈부신 알몸

담배에 불을 붙인다, 아이처럼 잔다
난초처럼 향기롭다. 숲에는 한 마리 사자

세계에서 단 하나, 아무도 모른다
나의 필름 라이브러리.

현금

| 야마노구치 바쿠 |

누군가
여자란 바보라는 말을 소문으로 퍼뜨리고 있었다
그런 바보스러운 짓은
두 번 다시 해서는 안 된다
나는 그 말에 생명 바쳐 반대한다
두 손 들고 반대한다
다른 일은 모른 체 하고 그것만은 반대한다
그러니까
여자여!
그러니까, 정말 여자여
살며시 내 곁으로 다가와
내 아내가 되어주지 않겠는가.

이부離婦

| 정적 |

십 년 동안 시집살이
여자 행실 잘못 없는데
박명하시군요. 자식 낳지 못하면
쫓겨난다는 옛날의 법.

처음엔 해로동혈 말씀하시더니
오늘에 일이 어긋나는군요
당신이 마침내 버리시니
어떻게 오래도록 머물겠어요.

시부모님 계시는 큰방에 올라
무릎 꿇고 하직 인사 여쭈었어요
시부모님 저를 보시고
이별을 다시 망설이더군요.

옛날 팔찌는 돌려주시고
혼인 예복은 남겨두셨어요
어르신네는 저를 어루만지시고
길모퉁이에서 울어주셨어요.

옛날 처음 며느리 적
당신이 가난하였을 때
주야로 길쌈을 하느라
눈썹 그릴 틈도 없었지요
애써서 황금을 쌓아
기아에 떠는 당신을 건졌었지요.

낙양에다 저택을 사고
한단에서 시비를 샀었지요
낭군이 용마를 타시니
출입에 빛이 났었지요.

장차 부잣집 며느리가 되어
영원히 자손에 의탁하려 했더니
어찌 알겠어요, 집을 쫓겨나
혼자 수레 타고 돌아갈 줄을.

자식이 있다고 영화롭지는 않지만
자식이 없으면 비참해지는 것이어요
사람 중에 계집은 되지 말아요
계집 되기 참으로 어려워요.

아침

| 다카다 도시코 |

남자는 매일 아침
면도날로 수염 깎는다
그때 여자는
식칼로 채소를 썰고 있다
서로 칼날을 사용하면서
칼날을 느끼지 않는다.

행복한 아침.

봄날의 아침

| D. H. 로렌스 |

아아, 열린 방문 저쪽
저기 있는 것은 아몬드 나무
불꽃 같은 꽃을 달고 있다
이제 다툼은 그만두자.

보랏빛과 청색 사이
하늘과 꽃 사이에
참새 한 마리 날갯짓한다
우리는 고비를 넘긴 것이다.

이제는 정말 봄! 보라
저 참새는 혼자라 생각하면서
그 꽃을 얼마나 못살게 구는가
너와 나는.

얼마나 둘이서 행복해질 것인가
저걸 보렴, 꽃송이 두드리며
건방진 모습을 한 저 참새
일찍이 너는 생각해 본 일이 있을까.

이렇듯 괴로운 삶이라고, 신경 쓰지 말지니
이제는 끝난 일, 봄이 온 것이다
그리고 우리는 여름처럼 행복해지고
여름처럼 우아해지는 것이다.

우리는 죽었다. 죽임을 당할 것이다
우리는 예전의 우리가 아니다
나는 새로운 느낌과 열의를 가지고
다시 한번 출발하려 마음먹는다.

산다는 것, 그리고 또
새로운 기분을 가진다는 것은 사치다
꽃 속의 새가 보이는가? 저것은
흔히 취할 수 없는 큰 소동을 벌이고 있다.

저 새는 이 푸른 하늘 전부가
둥지 속에 자기가 품고 있는 작고 푸른 하나의
알보다 훨씬 작다고 생각한다. 우리는 행복해진다
너와 나 그리고 나와 또 너.

이제 다툴 일이란 하나도 없다
적어도 우리 사이에는
보라, 방문 밖의 세계는
얼마나 호화로운가.

장미의 내부

| 릴케 |

어디 이 내부에 대비되는
외부가 있는 것일까? 어떤 상처에
이런 단정한 꽃잎을 얹어야 할 것인가?
어느 하늘이
활짝 피어난 장미의
내부에 비추는 것일까?
그대 근심 모르는 장미여, 보라
꽃잎은 흐트러져 겹쳐 있네
떨리는 손길로 어루만져도
불타는 모습은 꺼질 것 같지 않다
스스로 견디기 어려운 것
장미는 송이마다
넘쳐흘러서
긴긴 여름날이 부풀어 올라
꿈속의 방이 되어 여물 때까지
흘러서 내려간다.

귀향

| 하이네 |

나의 어두운 생활에
빛이 비치듯 나타난 모습 하나
하지만, 그 아름다운 모습 이미 사라지고
나는 밤의 어둠에 싸여 있다.

아이는 어둠 속에 있으면
왠지 쓸쓸해져서
불안과 무서움을 쫓기 위해
큰소리로 노래 부른다.

나는 미치광이와 같은 아이다
어둠 속에서 지금 노래 부르고 있다
노래는 들어서, 들어서 즐겁지 않았지만
나의 불안을 떨쳐주었다.

과수원

| H·D |

나는 보았다
첫 올배 떨어지는 것을
금빛 띠 두르고 꿀을 찾는
저 누런 벌떼도
나보다 빠르지는 못했다
'사랑마저 빼앗아 가지 마세요'
나는 엎드려서 외쳤다.

활짝 핀 꽃송이로
그대는 우리를 멀리했다
아름다운 과일나무를
이제는 우리에게 남기십시오.

꿀 찾는 벌떼는
멈추지도 않고
그들의 노랫소리는 하늘가에 드높은데
나는 홀로 풀밭에 누웠다.

오, 마구 잘라 낸
과수원의 신이여
내 그대에게 바칠 것이 있으니
오직 그대
신의 심술 많은 아들이
사랑스러움마저 빼앗아 가서는 안 됩니다.

푸른 껍질 벗고
떨어진 개암 열매
자홍빛 포도송이
솔방울 뚝뚝 듣는 딸기
벌써 터져 나온 석류
주름 잡힌 무화과
손 한번 만져 본 적 없는 돌배나무
이제 모두 그대에게 바치겠노라.

풀베기

| 프로스트 |

숲 가에서는 한가지 소리밖에 들리지 않았다
그것은 땅에 속삭이는 내 긴 낫이었다
무엇을 속삭였을까? 나도 잘 알지 못했다
그것은 태양의 뜨거움에 대한 것이었을지도 모른다
그러기에 낮게 속삭일 뿐 말하지는 않았다
한가로운 때의 즐거움이나 요정의 손에 잡히는
황금의 꿈은 더욱 아니었다
끝이 가냘픈 이삭 모양의 꽃|난|이 있는
둔치|물가의 언덕|의 풀을 줄줄이 베어 넘기고
반짝이는 초록빛 뱀을 겁나게 하는 사랑이라면
일함으로써 깨닫게 되는 달콤한 꿈이리라
이제 내 긴 낫은 속삭이면서 말릴 풀을 뒤에 남겼다.

멧새가 하는 일

| 다우텐다이 |

멧새가 해를 따 먹어서
정원마다 노래가 터져 나옵니다
멧새가 가슴마다 집을 지어서
가슴은 모두 정원이 되어
다시 꽃을 피웁니다.

땅에 커다란 날개가 돋고
새로운 깃마다 꿈을 가져왔습니다
사람은 모두 새가 되어
하늘에 집을 짓습니다.

나무는 푸른 군중 속에서 이야기하고
높이 태양을 향하여 노래 부르며
태양은 모든 영혼 속에서 목욕하고
물이란 물은 불꽃같이 피어오릅니다
봄이 물과 불을 좋아하여
한꺼번에 가져왔습니다.

숲속의 메추리

| 프로스트 |

내가 숲 가에 왔을 때
귀를 기울이자, 메추리의 노래가 들려왔다
지금 바깥이 어둠이라면
숲속은 어둠

숲속은 너무 어두워
새가 재빠른 날개로
밤을 밝힐 자리를 바꿀 수도 없다
아직도 노래는 할 수 있지만

이미 서쪽 하늘로 사라진
마지막 햇빛이
메추리의 가슴 속에 살아있었다
한 번 더 부를 노래를 위해

멀리 어두운 숲속으로
메추리의 노래는 울려 퍼졌다
어둠 속으로 들어와 슬퍼하라고
부르는 것과도 같이

지금 나는 햇빛을 보려고 밖에 있다
나는 숲속으로 들어가고 싶지 않다
청해도 들어갈 생각이 없다
처음부터 나는 청을 받지도 않았다.

창가의 나무

| 프로스트 |

내 창가에 서 있는 나무, 창가의 나무여
밤이 오면 창문은 내리게 마련이지만
너와 나 사이의
커튼은 치지 않을 것이다.

대지에서 치솟는 몽롱한 꿈의 미래
구름에 이어 크게 확대되고 있는 것
내가 소리 내어 말하는 가벼운 말이
모두 다 깊은 의미를 지니고 있지는 않을 것이다.

하지만 나무여, 바람에 흔들리는 네 모습을 보았다
만일 너도 잠든 내 모습을 보았다면
내가 자유를 잃고 밀려 흘러가
거의 절망이었음을 알게 되었으리라.

운명의 여신이 우리 머리를 마주 보게 한 그날
그녀의 그 상상력을 발휘하게 한 것이다
네 머리는 바깥 날씨에 많이 연관되고
내 머리는 마음속 날씨와 연관되어 있었으니.

가을의 표정

| D. H. 로렌스 |

가을밤의 싸늘한 감촉
나는 밖으로 나갔다
밖에는 얼굴이 빨간 농부처럼
불그레한 달이 울타리 너머로 굽어보고 있다
나는 말없이 고개만 끄덕였다
도시의 아이들처럼 흰 얼굴로
사방의 별들은 어떤 생각에 골똘히 잠기어 있었다.

모닥불 가까이에서

| 게오르게 |

모닥불 가까이 발을 옮기면
불꽃은 죽어서 없어지고
땅에는 달그림자가 파랗게
산산이 흩어진다.

추위에 언 손가락으로
잿더미를 헤치어
뒤적이고 찾고 뒤적이면
다시 한번 불꽃이 반짝거렸다.

보라, 중천의 높은 달
달래며 일러주니
물러서라, 모닥불
달은 이미 너무 깊이 떠 있다.

별 하나

| 하이네 |

별 하나
반짝이는 하늘에서 떨어진다
저것 좀 봐, 떨어지는 것이 보인다
저것이 사랑의 별

꽃과 잎이 뚝뚝
사과나무에서 떨어진다
장난꾸러기 바람이 와서
장난치고 희롱한다.

연못 속의 백조가
노래 부르며 헤엄친다
목소리는 약하게 낮아져
물속의 무덤으로 가라앉는다.

이 적막함 침침함이여
꽃과 잎은 흩날리고
별은 부서져 흩어지고
백조의 노래는 끊겼다.

고엽枯葉

| 플로베르 |

기억하라. 함께 지낸 행복한 나날을
그때 태양은 훨씬 더 뜨거웠고
우리의 삶은 아름답기 그지없었지
마른 낙엽을 갈퀴로 긁어모으기로 했다네
나는 그날을 잊을 수 없어
모든 추억도 또 뉘우침도 함께
망각의 춥고 어두운 밤 저편으로
북풍은 그 모든 것들을 싣고 갔지
네가 불러 준 그 노랫소리
그건 우리의 마음 그대로의 노래였고
너는 나를 사랑했고
나 또한 너를 사랑했다
우리 둘은 언제나 함께 있었지
하지만 인생은 아무도 모르게
사랑하는 이들을 헤어지게 하지 않는가
그리고 이별의 슬픔을 안고 떠나는 연인들의
모래밭에 남긴 발자취를 거센 물결이 지운다.

시간이 가면

| 괴테 |

시냇물 조약돌에 몸을 담그면
아, 빛나는 태양의 빛이여
조용히 찰랑거리는 잔물결에
두 팔 철석 던져 보면
꿈에 부푼 나의 가슴을 얼싸 안아주는
변덕스럽게 흐르는 시냇물이 속절없이 사라져가네
그러면 두 번째 물결이 다가와
다시금 내 몸을 어루만져 준다
이토록 아롱지는 사랑놀이의 기쁨이 즐겁다.

그러나 그대는 줄곧 슬퍼하며 짧은 시간의
아름다운 인생의 한때가 헛됨을 탄식하며
사랑하던 소녀가 그대로부터 멀어져가면
잠시 생각해보라, 지난날의 수없는 추억을
두 번째 찾아온 여인이 또 다른 얼굴로
뜨거운 입술을 준다고 해도 무엇이 다른가.

인간의 바다

| 보들레르 |

자유인이여, 언제나 너는 바다를 사랑하리라
바다는 너의 거울이고, 너는 그 파도의
끝없는 전개 속에서 너의 넋을 조용히 바라보며
너의 마음 또한 그보다 덜하지 않으리.

또한 너는 즐겨 네 영상의 품 안으로 뛰어들며
눈과 팔로 그것을 포옹하며, 네 가슴은
그 길들일 수 없는 야성의 비탄 소리에
때로 자신의 들끓음을 잊는다.

그대들 모두 침침하고 조심스러워서
인간이여, 아무도 네 심연의 바닥을 측량하지 못했고
오 바다여, 아무도 네 속의 재보財寶를 모른다
그토록 그대들 악착스럽게 비밀을 지키는구나.

그런데도 헤아릴 수 없는 세월을 두고
그대들은 무자비하고 가차 없이 서로 싸운다
그토록 살육과 죽음을 사랑하는가
오, 영원의 투사들, 어쩔 수 없는 형제여!

인생의 배

| 하이네 |

웃음과 노랫소리, 반짝반짝
태양은 내리쬐고, 파도는 명랑한
작은 배를 흔들었다. 나는 그 속에
친구들과 마음도 가볍게 앉아 있었다.

작은 배는 침몰하여 흩어지고
헤엄이 서툰 친구들은
조국 도이치|독일| 바다에 빠져 죽었다
나는 폭풍으로 센강까지 밀려왔다.

나는 새로운 동료들과 새 배에
승선하였다. 낯선 조수가
여기저기로 나를 흔들었다
아아! 아득한 고향, 아아! 무거운 내 마음

그리고 정다운 노랫소리와 웃음소리
바람은 외치고, 배는 어두운 항해를 계속하고
밤하늘에 남은 별도 어느새 사라지고
지금은 무거운 마음, 아득한 고향.

이별

| 에즈라 파운드 |

비단 옷깃 살랑거리는 소리 멎고
뜨락 너머 티끌이 바람에 날리어 쌓인다
발소리 멎고, 가랑잎 황급히 날리어
잠잠히 쌓인 무덤, 그 아래
마음이 즐거운 여인이 누워있다
문지방에 매달린 것은 젖은
잎사귀 하나.

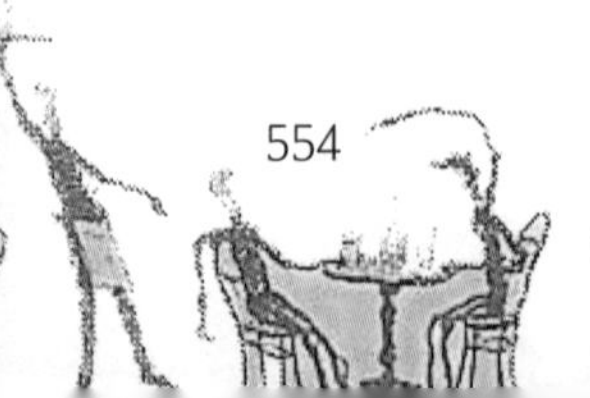

타향에서

| 하이네 |

1.
한곳에서 한곳으로 쫓기어 간다
그것은 자네도 모른다
바람 속에서 상냥한 목소리가 울려온다
그러자 자네는 놀라며 뒤돌아본다
뒤에서 한 여인이
부드러운 음성으로 자네를 부른다
'이제는 돌아와 주세요.
지금도 난 당신을 사랑하고 있어요.
당신은 나의 단 하나의 행복입니다!'

그러나 자네는 앞으로도 쉬는 일 없이
멈추어 설 수는 없다.
자네가 그토록 사랑하던 것을
자네는 다시는 볼 수가 없다.

2.
자네는 지금 고민에 사로잡혀 있다
일찍이 오래도록 보지 못했을 만큼
자네 볼에서 조용히 눈물이 흐르고
한숨은 목소리가 된다.

자네는 멀리, 저렇게 안개 저편에 멀리
사라져간 고향을 생각하느냐
고백하라, 자네는 가끔
그리운 조국으로 돌아가고 싶다고 하지.

자네는 그렇게 가련하게, 때로는 노여움으로
자네를 기쁘게 한 여자를 생각하는가
자네는 곧잘 화를 낸다. 그러면 그녀는 얌전해지고
자네는 마지막에 웃었다.

자네는 어머니를, 누이를 생각하느냐
자네는 그 두 사람과 사이가 좋았다
오! 나의 벗이여, 어쩌면 자네 가슴 속에 담긴
얼어붙은 생각도 녹을 것이다.

자네는 아름다웠던 고향 집 뜰 안의
새와 나무들을 기억하느냐
자네의 젊은 날 사랑을 꿈꾸고
연민에 마음 졸이며, 희망을 간직한 뜰.

나는 일찍이 아름다운 조국을 갖고 있었다
떡갈나무가 그곳에서 푸르게 자라고
제비꽃이 온화하게 끄덕이고 있었다
그것은 하나의 꿈이었다.

늙음이란

| 괴테 |

늙음은 예의를 아는 손님이다
문 앞에 서면 두 번이나 세 번 노크한다
그러나 누구도 '들어오시오' 라고 말하지 않아
장승처럼 문밖에 서 있기가 싫어
스스로 문을 가볍게 열며 들어온다
그 발걸음이 너무나 빨라서
이런 평판을 받는다
'늙은이는 예의를 모르는 무례한' 이라고.

늦은 시련

| 헤르만 헤세 |

다시 한번 넓은 인생으로부터
운명은 사정없이 나의 좁은 공간으로 몰아넣고
어둠과 고통 속에서 내게 시련과 고난을 준비하려 한다
이미 그것은 오래전에 이루어진 것이다
안식과 분별이 노년의 평화와 후회하지 않는 생의 참회를
이 모든 것이 나에게 주어졌던 것인가?

아, 행복했던 크고 작은 것 하나하나가
내 손에서 하나씩 떨어지고 있다
이제 즐거운 날도 끝날 시간이다
형극의 산과 폐허의 땅이 세상이 되고 나의 인생이 되어
나는 울며 굴복하고 싶었다, 마음속에 반항심 없었다면.

나를 말리고, 나를 지켜주겠다는
반항심이 없었더라면 고난은 반드시 광명의 세계로
통한다는 믿음이 없었더라면
터무니없이 끈질긴 많은 시인의 어린이 같은 믿음이
온갖 지옥 위에 우뚝 선 꺼지지 않는
영원한 불빛에 대한 이 믿음이 없었다면.

자만심

| 괴테 |

이웃집 처녀 방에
커튼이 가볍게 흔들린다
아마도 이쪽을 보고 있을 것이다
내가 있는가 하고

낮에 무작정 질투한
나의 관심이
지금도 가슴 어딘가에
남아 있는 줄 알고

그러나 분하게도 어여쁜 그 처녀는
그런 것은 생각지도 않는다
자세히 살펴보니 커튼의 흔들림은
저녁 바람의 장난이었다.

겨울 이야기

| D·H 로렌스 |

어제 들판은 온통 흩어진 눈으로 희뿌옇더니
오늘은 긴 마른 풀잎도 거의 보이지 않는다
지금 그녀의 깊은 발자국은 눈을 밟고
흰 언덕 끝 솔밭을 향해 걸어갔을 것이다.

아직 그녀는 보이지 않는다. 연푸른 안개 스카프가
검은 숲과 희미한 유자 빛 하늘을 가렸다
나는 그녀가 기다리고 있음을 안다. 초조하고 차가운
흐느낌 같은 것이 싸늘한 한숨에 스며들면서.

피할 수 없는 이별이 더욱 가까워질 뿐임을 알면서
왜 그녀는 그렇게 찾아오는 것일까?
언덕길은 험하고 내 발걸음은 더디다
내가 할 말을 잘 알면서도 왜 그녀는 오는 것일까.

12월의 나무

| 키츠 |

쓸쓸하게 하루가 저문 12월
나무는 너무나 행복했다
지난여름 초록빛으로 빛나던
나무는 그 행복을 생각하지 않는다
지금은 진눈깨비 섞인 바람이 몰아쳐도
그 아픔을 생각하지 않는다
꽁꽁 언 물이 다시 해빙되어 얼지만
봄이 싹 틔우는 것을 방해하지 않는다.

고적하게 하루가 저문 12월
나무는 너무나 행복했다
흰 거품 일으키며 흐르는 물줄기로
여름 태양 빛나던 모습을 생각하지 않는다.

기분 좋게 망각에 의지하여
수정처럼 맑은 물이 내는 함성을 억제하고
침묵으로 생명을 키우는 이 계절
얼음의 모습에 역정 내는 일도 없다.

아아! 너무나 빨리 성숙한 소녀와 소년들
역시 이렇게 12월의 나무처럼 되기를 바란다
그러나 지금까지 이제는 지나가 버린
그 기쁨을 기억하고 괴로워하지 않는 아이가 있었던가?
세상의 변화를 알고 그것을 느끼는 일에
치료하는 사람조차 없는데
그런 사실을 노래하는 노래는 없구나
12월의 행복한 나무여.

안개와 눈처럼 미쳐서

| 예이츠 |

덧창문을 걸고 닫으라
싸늘한 바람이 분다
이 밤 우리의 마음은 그지없이 홍겹다
나는 그 이유를 알 듯하다
바깥의 모든 것은
안개와 눈처럼 미쳐있다.

저기 호머, 그 옆에는 호레이스가 있고
그 아래에는 플라톤의 모습이 조용하다
그리고 바로 앞에서는 텔리(키케로)가 책상에 앉아있다
몇 해가 지난 일인가
그대와 나 배움 없는 소년으로
안개와 눈처럼 미쳐있던 것이.

왜 내가 한숨 짓느냐고 묻는 벗이여
왜 내가 그처럼 떠느냐고
하지만 나는 떨리고 한숨이 난다
키케로와 생각이 많은 호모까지도
안개와 눈처럼 미쳤었음을 생각하니.

맨발로 달리는 아기

| D·H·로렌스 |

아기의 흰 발이 풀밭을 밟고 갈 땐
작은 흰 발이 바람 속 흰 꽃처럼 흔들린다
풀이 드문 물 위를 스치는 바람결같이
아기의 발은 가늠하면서 달려간다.

그 흰 발이 풀밭에서 움직이는 모양은
지경새 노래처럼 귀엽고 마음을 설레게 한다
두 마리 나비 잠시 유리잔에 앉아
작은 날개 소리를 내는 것과도 같다.

작은 호수 위를 달리는 바람의 그림자와 같이
아기가 나에게로 비틀걸음으로 와서
작고 흰 두 맨발로 내 무릎에 올라
내 손으로 그 작은 발을 만질 수 있다면
아침 나팔꽃처럼 서늘하게
어린 작약꽃처럼 단단하고 비단결 같게.

나의 어머니에게

| 하이네 |

나는 언제나 거만하게 머리를 쳐들고 걸어갑니다
너무 고집이 세어 남의 말을 듣지 않습니다
비록 임금님이 내 얼굴을 보시더라도
눈을 내리깔지는 않을 것입니다.

그러나 어머니에게 고백합니다만
아무리 내가 거만하고 오만불손하더라도
정답고 그리운 당신 곁에 있노라면
망설이면서 겸허한 생각에 잠기는 것입니다.

나를 남모르게 누르는 힘, 그것은
당신의 영혼일까요
모든 것에 마음껏 스며들어
밝은 하늘로 반짝이며 오르는 것이 당신의 영혼일까요.

나는 미칠 듯한 정열 때문에 당신 곁을 떠났습니다
세계의 끝까지 가려고 했습니다
진심으로 찾아올 사랑을
그 사랑을 찾을 수 있을지 알고 싶었던 것입니다.

골목이란 골목마다 모두 찾아보았습니다
한 집 한 집 문 앞까지 두 손을 벌려
작은 사랑의 자비를 구걸하기도 하였습니다
그러나 받은 것은 비웃음과 차가운 미움뿐이었습니다.

그래도 나는 줄곧 사랑을 찾아 헤매었습니다
언제까지나 그 사랑을 찾지 못하고
초췌한 마음으로 슬퍼하며 집으로 돌아왔습니다.

그러나 당신은 변함없이 기다리다가
기꺼이 나를 환하게 맞아주었습니다
그때, 당신의 눈에 깃들어 있는 그윽함은
내가 오랫동안 찾아다니던 아름다운 사랑이었습니다.

내 자식이 집으로 돌아왔습니다

| 게오르게 |

내 자식이 집으로 돌아왔습니다
머리에서는 지금도 바닷바람이 일고
걸음걸이는 아직도 후들거리고 있습니다
세월을 겪고 난 무서움과 첫길 떠났던 젊은 기쁨에.

바다의 짠물이 불꽃으로 튀며
지금도 윤기 흐르는 갈색입니다
익어가는 열매의 모습으로
타향 볕 사나운 향기와 불꽃에 빨리 익었나 봅니다.

그의 눈길은
내가 알지 못할 비밀로 무게를 지니고
가볍게 흐려진 눈길은
봄에서 고향의 겨울로 왔기 때문입니다.

이렇게 활짝 핀
봉오리가 나에게는 어려 보이기만 하고
나에게는 허락 안 되는
그 잎은 어느덧 다른 잎을 골라내었습니다.

내 팔에 안겨
움직이지 않는 이 자식은 아득한 딴 세상에서
꽃 피우고 자라서
나에게는 아득히 멀기만 하였습니다.

계절이 쓰는 자서전

| 앙드레 지드 |

가련한 한 떨기 장미꽃
나뭇잎과 꽃으로 가득 찬 따뜻하고 향기로운 너를 보았다
이미 겨울의 찬 눈이 녹아 형체를 찾을 수 없다
너의 신성한 정원에는 흰 사원이 신비롭게 빛나고
넝쿨나무는 꽃그늘 밑으로 휘어지고
등나무가 엮어놓은 화환 속으로
올리브 나무가 자태를 감추고 있었다
달콤한 공기가 오렌지꽃에서 향기를 몰아오고
가냘픈 귤나무의 빛깔이 꿈보다 더 고왔다
추위로부터 해방된 나무들은
높이 솟은 가지에서 낡은 껍질을 떨어뜨리고 있었다
나무를 감싸고 있던 세월의 껍질이
태양 때문에 필요 없게 된 옷처럼 흘러내렸다
가치 없는 나의 도덕심과 같았다.

꽃이 되어 다시 태어날 것이다

| 앙드레 지드 |

밑바닥이 평평한 배
회색으로 낮게 드리운 하늘은
이따금 훈훈한 빗방울로 변하여 내리고
물속에서 자란 수초들의 흙탕 머금은 비릿한 내음
얼크러진 줄기의 여린 흔들림
솟아오르는 푸른 샘도 깊은 물 때문에 자취를 볼 수 없다
아무 소리도 들리지 않는다
이 황량한 평원에서
너무나 자연스러운 호수의 모습 때문에
물결이 파피루스 나무들 사이로
마치 피어오른 꽃처럼 넘실거린다
아직 불타는 것도
머지않아 사라져 갈 것이다
그러면 나는 꽃이 되어 다시 태어날 것이다.

내 삶을 감사드리옵니다

| 게오르게 |

내 집 문 앞에 이르시어, 모든 물건을 빛으로 물들이는
오! 태양이여, 감사합니다
포근한 빛, 당신은 사해四海에 입 맞추시니
나의 아침은 얼마나 즐겁고 대낮은 밝은가!

머리칼은 정다운 바람에 맡겨 휘날리고
정원의 향기로움 피부의 숨구멍을 활짝 열어
주홍색으로 부푼 어린 가지를 어루만져
눈처럼 나부끼는 꽃잎에 묻혀 나의 봄은 식어갔습니다.

오! 오후여, 영웅들과 마술사들의 위대한 생각 속에
그대는 작렬하여 화염을 뿜고 위협한다
온 세상은 나에게 하나의 씨름판으로 보이고
파도는 쪽배와 같은 나를 몰아가는구나.

그러나 저녁이면 누구나 원하던 축제를 올린다
성스러운 풍습에 나는 작열하고
고귀한 상像을 사랑하여 가슴에 품었습니다
모든 경이로움 부드러운 잠에 잠길 때까지.